Tödliche Freundschaft

Mel Wallis de Vries

D1859082

Für Michel
Meine Liebe ist unendlich
größer als mein Wortschatz:

Ich liebe dich.

Tödliche Freundschaft

Mel Wallis de Vries

Aus dem Niederländischen
von Sonja Fiedler-Tresp

Klopp · Hamburg

Diese Übersetzung wurde mit Unterstützung des Nederlands Literair Productie -en Vertalingenfonds veröffentlicht.

FSC Mix
Produktgruppe aus vorbildlich bewirtschafteten Wäldern und anderen kontrollierten Herkünften
www.fsc.org Zert.-Nr. GFA-COC-001223
© 1996 Forest Stewardship Council

© Erika Klopp Verlag GmbH, Hamburg 2010
Alle Rechte für die deutschsprachige Ausgabe vorbehalten
Die Originalausgabe erschien 2007 unter dem Titel »Buiten zinnen« in den Niederlanden bei The House of Books, Vianen/Antwerpen
Text © 2007 Mel Wallis de Vries
Aus dem Niederländischen von Sonja Fiedler-Tresp
Einband und Reihengestaltung von Kerstin Schürmann, formlabor
Druck und Bindung: CPI – Clausen & Bosse, Leck
Printed in Germany 2010
ISBN 978-3-7817-2322-1

www.erika-klopp.de

Dienstag, 17. Oktober

In der Kirche riecht es nach nassen Jacken, alles ist feucht und klamm. Der Regen peitscht gegen die hohen Fenster und macht den Tag noch trister, als er schon ist. Es sind bestimmt zweihundert Menschen zu Karolins Beerdigung gekommen. Ich rutsche unbehaglich auf der harten, hölzernen Kirchenbank hin und her. Der Gürtel meiner schwarzen Hose schneidet mir in den Bauch und meine graue Jacke kratzt am Hals. Ich sehe so aus, wie ich mich fühle: unauffällig, farblos und düster.

Ich lasse meinen Blick über die Menschenmenge wandern. In der ersten Reihe sitzt Karolins Familie. Auch ihre besten Freundinnen haben dort Platz gefunden. Sie halten sich an den Händen und weinen.

Als mein Opa vor vier Jahren gestorben ist, habe ich auch in der ersten Reihe gesessen. Ich erinnere mich noch gut, dass ich mich nicht getraut habe zu weinen, weil das jeder gesehen hätte. Alle Blicke waren auf mich und meine Eltern gerichtet und ich habe mich sehr unbehaglich gefühlt. Erst nach der Beerdigung, als ich wieder zu Hause war, habe ich die Tränen zugelassen.

Jetzt sitze ich zusammen mit meiner Mutter in der letzten

Reihe und fühle mich noch viel schlechter als bei der Trauerfeier für meinen Opa. Die letzte Reihe ist eine Art Niemandsland: ein Platz für Menschen, die zu spät kommen, ein Sammelplatz für entfernte Bekannte. Es erstaunt mich, dass dort kein Schild mit folgendem Text hängt: *Schön, dass Sie da sind, aber es wäre nicht nötig gewesen.*

Vor fünf Jahren hätte ich vorne gesessen. Karolin war damals meine beste Freundin. Sie war es von dem Tag an, als sie ins Nachbarhaus gezogen ist. Ich sehe uns noch im Planschbecken in unserem Garten spielen. Oder beieinander übernachten. Wir trugen dieselben Klamotten, fuhren zusammen in Urlaub, machten Jazztanz. Wir waren unzertrennlich. Und dann haben wir uns verloren.

Neben mir zieht eine Frau die Nase hoch. Sie weint. Meine Lider sind schwer, und meine Augen brennen, aber ich weine nicht. Es fühlt sich an, als hätte ich mich in meiner eigenen Trauer verirrt. Ich weiß nicht mehr, um was ich weinen soll. Als meine Mutter mir gesagt hat, dass Karolin tot ist, blieb ich stumm. Ich glaube, ich habe sogar weiter Hausaufgaben gemacht. Ich konnte es einfach nicht glauben. Erst Stunden später kam der Schock.

Es ist ein langer Gottesdienst. Der Pfarrer blickt ernst und liest ein Stück aus der Bibel vor. Ich höre nur halb zu und lehne mich an meine Mutter. Sie drückt fest meine Hand.

Der Pfarrer spricht jetzt über den Tod. Und das Schicksal. Und Gott, der bei Karolin ist. Seine Stimme hat einen betroffenen Unterton, als würde er wirklich um Karolin trauern. Aber was wird er wohl gleich nach dem Gottesdienst tun? Eine Tasse Kaffee trinken, die Zeitung lesen, die Fußballergebnisse nachschauen? In ein paar Stunden – wenn

Karolin unter der Erde liegt – hat er sie wahrscheinlich schon wieder vergessen. Ich unterdrücke den Drang, in hysterisches Gelächter auszubrechen.

Dann höre ich ihn sagen: »Sie hat ihre Ruhe gefunden.«

Es tut mir so leid, denke ich auf einmal. Was habe ich getan?

Ich bekomme erst mit, dass der Gottesdienst vorbei ist, als die Kirche sich mit Geflüster und Geraschel füllt. Die Frau neben mir steht auf. Sie riecht nach Schweiß, und ich habe plötzlich Angst, dass ich mich übergeben muss. Meine Mutter hilft mir auf und legt mir den Arm fest um die Taille. Wir warten, während sechs Männer in schwarzen Anzügen den Sarg durch den Gang ins Freie tragen. Karolins Familie geht schweigend hinterher. Ich schaue zu ihrer Mutter, ihr Gesichtsausdruck wirkt gequält und verloren. Und dann kreuzen sich unsere Blicke. Ich erstarre und weiß nicht, was ich tun soll. Lächeln? Nicken? Winken? Aber sie starrt mich an, als ob sie mich noch nie gesehen hätte.

Die Reihen leeren sich von vorne nach hinten. Der Zug wird immer länger. Gesichter ziehen vorbei. Ich sehe Klassenkameraden, Lehrer, Nachbarn. Manche waren gut mit ihr befreundet, andere kannten sie nur oberflächlich. Aber ihre Blicke ähneln sich alle: geschockt und unendlich traurig.

Ich weiß nicht so recht, wie ich mich verhalten soll, und starre zu Boden. Manchmal ist mir, als ob Karolin noch immer meine beste Freundin wäre. Auf gewisse Art stimmt das auch, denn ihren Platz hat nie jemand anders eingenommen. Sie allerdings hat neue beste Freundinnen gefunden. Ihre Welt hat sich weitergedreht, während meine stillstand.

Und als sie meine Welt wieder betreten hat, habe ich sie nicht mehr hineingelassen.

Auf einmal ist mir schrecklich heiß. Und gleich darauf friere ich. Ich zittere.

»Eva, geht es?«, fragt meine Mutter besorgt.

Nein, es geht überhaupt nicht. »Ich habe Kopfschmerzen«, sage ich. »Zum Glück können wir jetzt raus.«

Meine Mutter und ich verlassen als Letzte die Kirche.

Sonntag, 13. August

Ich kann einfach nicht glauben, was geschehen ist. Heute Mittag gegen eins sind wir aus dem Urlaub in Südfrankreich zurückgekommen. Wir sind die ganze Nacht und den ganzen Vormittag durchgefahren, und ich war müde, steif und fix und fertig. Meine Mutter hatte es mal wieder geschafft, das Auto bis unters Dach mit Gepäck vollzustopfen. Aber gut, Mamas Packwut ist ein Kapitel für sich.

Mein Vater hat das Auto vor unserem Haus geparkt und wir sind zur Haustür gegangen. Als die Tür aufging, sahen wir sofort, dass etwas nicht stimmte. Der Fußboden war übersät mit allem Möglichen, Zetteln und Klamotten. Wir starrten uns mit offenen Mündern an und stürmten ins Wohnzimmer. Es sah aus wie im Krieg. Alle Möbel waren verschoben, das Bücherregal war umgestürzt, Fotos waren von der Wand gerissen.

»Oh mein Gott«, sagte Papa. Er wirkte völlig entsetzt und fassungslos. »Hier ist eingebrochen worden.«

Mama war außer sich. Sie tigerte durch das Chaos und jammerte: »Sie haben den DVD-Player mitgenommen. Und die Kristallvase von Oma. Seht doch, sie haben ein Küchenfenster eingeschlagen. Wie schrecklich, oh, wie entsetzlich!«

Ich fürchtete, dass sie kurz vor einem Nervenzusammenbruch stand. Da sind mir meine eigenen Sachen in den Sinn gekommen. Ich rannte die Treppe hoch, in mein Zimmer, und riss die Tür auf. Alles sah genauso aus wie vor den Ferien. Trotzdem wusste ich sofort, dass die Einbrecher auch hier gewesen waren. Eigentlich komisch, dass es Dinge gibt, die man weiß, ohne dass es dafür Beweise gibt. Aber ich spürte einfach, dass die Diebe auch in meinem Zimmer rumgeschnüffelt hatten. Weil die Bettdecke so dalag, wie sie jetzt dalag? Oder roch mein Zimmer vielleicht anders? Waren die Bücher auf meinem Schreibtisch ein paar Zentimeter verrutscht? Was es auch war, ich wusste es genau.

Ich öffnete misstrauisch alle meine Schränke, um zu schauen, ob etwas fehlte. Oder noch schlimmer: ob die Einbrecher etwas zurückgelassen hatten. Ich suchte wie eine Besessene nach Spuren. Nichts. Keine fremden Haare auf meinem Kissenbezug, keine schlammigen Fußspuren unter dem Fenster, keine Fingerabdrücke auf dem staubigen Computermonitor. Wahrscheinlich hatten es die Diebe nicht der Mühe wert gefunden, mein Zeug zu stehlen. Trotzdem hatte sich etwas verändert. Das Zimmer war immer mein Rückzugsgebiet gewesen, ganz allein meines, jetzt aber fühlte ich mich unwohl und nicht mehr wirklich sicher. Ich hatte das Gefühl, in meinem Zimmer nicht allein zu sein, obwohl ich wusste, dass die Diebe schon lange verschwunden waren. So ein Mist, was für ein beschissenes Ferienende.

Wieder unten, fand ich meine Eltern auf dem Sofa. Sie sahen todtraurig aus. Ich setzte mich neben meinen Vater und legte meinen Kopf an seine Schulter. Er schlang den Arm um mich. »Karolin, Süße«, flüsterte er. »Es wird alles wieder gut. Sie haben nicht viel mitgenommen. Und das Wohnzimmer musste ohnehin mal wieder renoviert werden.«

Mama schüttelte so heftig den Kopf, dass ich Mitleid mit ihrem Hals bekam. »Wie kommst du bloß darauf? Das Wohnzimmer musste keineswegs renoviert werden. Es wird mich Tage kosten, alles wieder in Ordnung zu bringen.«

Das Risiko eines Nervenzusammenbruchs war zweifellos noch nicht gebannt.

Es klingelte an der Haustür.

»Ah, das wird er sein«, sagte Papa.

Besuch? Jetzt? Wo unser Haus ein großer, unsortierter Müllhaufen war? Wahrscheinlich war mir die Verwirrung im Gesicht abzulesen, denn meine Mutter sagte seufzend: »Dein Vater hat die Polizei angerufen.«

Sie hastete in den Flur, Papa auf den Fersen. Kurz darauf kamen meine Eltern mit einem Mann wieder. Er trug eine echte Polizeiuniform mit Mütze und auf seiner Oberlippe prangte ein grauer Schnurrbart.

»Das ist Herr De Geus von der Polizei«, sagte meine Mutter. Und an ihn gewandt: »Möchten Sie einen Kaffee?«

»Nein, vielen Dank.« Er zog einen Notizblock aus seiner Brusttasche. »Fangen wir lieber gleich an. Was ist gestohlen worden?«

Meine Eltern beantworteten alle seine Fragen und zeigten ihm anschließend das eingeschlagene Fenster in der Küche.

Herr De Geus dachte lange nach und sagte dann: »So sind die Einbrecher wahrscheinlich hineingekommen.«

Als ob uns das noch nicht klar gewesen wäre! Der Mann kam mir vor wie die schlechte Kopie eines Fernsehkommissars. Mir stellte er auch ein paar Fragen. Ich versuchte, ernst und bedrückt zu klingen, was mir nicht einmal besonders schwerfiel. Ich erzählte ihm, dass aus meinem Zimmer nichts gestohlen worden war. Und von meiner Vermutung, dass die Diebe trotzdem darin gewesen waren. Aber das machte offensichtlich keinen Eindruck auf ihn, denn er klappte seinen Notizblock zu und fragte meine Mutter: »Haben Sie den Kaffee vielleicht gerade fertig? Jetzt hätte ich doch gern eine Tasse.«

Ich flüchtete mit einer vagen Entschuldigung in mein Zimmer. Dem Kommissar schien Mamas Kaffee ausgesprochen gut zu schmecken, denn erst eine halbe Stunde später hörte ich Stimmen im Flur und die Haustür klappte auf und zu. Und dann wurde es still. Es ist jetzt so still in meinem Zimmer, dass ich die Vögel unter den Dachziegeln hören kann. Ein leises, kratzendes Geräusch, das für mich wie Fußtritte auf dem Dach klingt. Wie paranoid bin ich an diesem Nachmittag geworden?

Auf meinem Handy sind unzählige SMS eingegangen. Julia, Puck, Nora, sie wollen wissen, ob ich wieder zu Hause bin und wie mein Urlaub gewesen ist. Aber ich bin nicht in der Stimmung, zurückzusimsen. Bloß Noah habe ich angerufen. Er klang froh und überrascht. Nicht normal überrascht, er war regelrecht frenetisch. Er hatte mich erst morgen zurückerwartet. Ich erzählte ihm, dass ich wirklich schon zu Hause war und dass eingebrochen worden war.

Noah reagierte total süß und besorgt, sagte mir dann aber, dass er nicht lange reden könnte. Ich würde in einem ungünstigen Moment anrufen, er würde nämlich gerade Fußball spielen. Er sagte, dass er mich bald zurückrufen würde. Und dass er mich liebte. Das war das Stichwort, auf das ich zu sagen hatte: Ich dich auch. Aber ich sagte schnell: »Ist gut. Lass uns später reden.«

Der Urlaub war zu Ende. Ich war zurück.

Montag, 14. August

Meine gute Laune hat genau zwei Wochen, zweiundzwanzig Stunden und zwölf Minuten angehalten. Ich bin heute Morgen mit einer riesigen After-Urlaub-Depression aufgewacht. Kann immer noch nicht glauben, dass wir wieder zu Hause sind. Ich hatte mich gerade daran gewöhnt, auszuschlafen und alle Zeit der Welt zu haben. Ich war ausgeruht, fröhlich und ausgesprochen aufgeräumt. Aber dieses Gefühl ist mir schon jetzt wieder entglitten.

Ich glaube, ich habe nicht geschrieben, dass ich schon öfter solche Tiefs hatte. Diese blöden Anfälle überfallen mich in letzter Zeit immer häufiger. Ich hasse dieses bedrohliche, grummelnde Chaos in meinem Kopf. Ich wünschte, ich wüsste, warum ich mich ab und zu so down fühle. Ich bin siebzehn, aber manchmal komme ich mir vor wie ein abgearbeiteter, siebzigjähriger armer Teufel. Ich sollte dringend mein gesamtes Innenleben neu organisieren.

Oh ja, und dann ist mir heute Morgen noch was eingefallen: Nächste Woche fängt die Schule wieder an. Wer hätte denn je gedacht, dass man Abschlussarbeiten schreiben muss? Mir wird schon bei der Vorstellung ganz anders. Vielleicht falle ich ja durch ... Gott, das wäre wirklich eine Riesenenttäuschung für meine Mutter. Ich glaube, dass Mama meine Prüfungstermine schon auswendig gelernt hat. Ich kann es nicht ausstehen, wenn sie sich so mit meinen Schulangelegenheiten beschäftigt. Aber das macht sie immer. Warum habe ich bloß keine Geschwister? Dann bräuchte sich meine Mutter nicht so auf mich *zu konzentrieren. Aber ich sollte das Ganze positiv betrachten. Noch ein Jahr schuften, dann geht das echte Leben los.*

Um die Mittagszeit herum bin ich zu Noah gegangen. Ich hatte irgendwo im Hinterkopf die Hoffnung, dass alles wieder in Ordnung sein würde, wenn ich ihn sehe. Aber so war es nicht. Er öffnete mit seinen verwuschelten dunkelbraunen Locken und braunen Augen (verführerisch) die Tür, bekleidet mit einer Jeans und einem weißen Baumwollhemd (guter Geschmack), und küsste mich (leidenschaftlich). Und ich? Ich stand da wie ein Sack Mehl und fühlte nichts. Noah bemerkte nichts, jedenfalls hoffte ich das.

Wir gingen in sein Zimmer. Noah schob mich aufs Bett und begann wieder, mich zu küssen. Ich murmelte, dass ich lieber reden wollte, weil ich ihn so lange nicht gesehen hatte. Oh, wie gut ich lügen konnte. Schließlich erzählte ich in seine Arme gekuschelt von den Ferien und dem Einbruch, während Noah mich aufs Haar küsste und mir ins Ohr flüsterte, dass er mich schrecklich vermisst hatte. Ich fühlte mich so schuldig. Ich kenne Noah seit sieben Monaten, und die Wahrheit ist, dass ich nicht mehr in ihn verliebt bin. Das liegt mehr an mir als an ihm, denn er ist wirklich ein toller

Typ. Aber vor den Ferien war es mir auf einmal klar geworden: Ich spüre eine große Zuneigung zu ihm, aber es ist keine Liebe. Das muss ich Noah sagen. Aber der Gedanke daran verursacht bei mir eine akute Panikattacke. Ich bin viel zu sehr daran gewöhnt, dass es ihn in meinem Leben gibt, und kann darauf jetzt noch nicht verzichten. Ist das egoistisch? Oder vielleicht träge? Auf jeden Fall nimmt mich das ziemlich mit. Irgendwann platze ich noch vor lauter Grübelei.

Nachdem ich bei Noah war, bin ich wie der Blitz in den Tresen gefahren. Eine meiner schlechten Eigenschaften hatte wieder mal zugeschlagen: Ich hatte völlig die Zeit vergessen. Ich war zu spät, viel zu spät für die Teambesprechung, und kam keuchend und verschwitzt an. Alle saßen an der Bar und begrüßten mich, außer Daan, mein Boss, der finster in die andere Richtung schaute. Ich musste zu ihm gehen, mich vor ihn hinstellen und sagen: »Tut mir leid, dass ich so spät komme. Blöd von mir. Es tut mir wirklich schrecklich leid.«

Erst da sah er mich an.

»So«, sagte Daan höhnisch. »Wie schön, dich auch mal wieder hier zu sehen.« Er drückte mir einen Zettel in die Hand. »Das ist der neue Arbeitsplan, den wir gerade eingeteilt haben. Er beginnt nächste Woche. Diskussionen darüber sind nicht mehr möglich. Und wenn du noch einmal zu spät kommst, kannst du dir einen neuen Job suchen.« Er drehte mir den Rücken zu.

Ich wäre am liebsten im Boden versunken und studierte, sauer auf mich selbst, den neuen Plan. Shit, ich hatte alle doofen Thekenschichten abgekriegt. Montagabend, Diens-

tagabend und Mittwochabend. Da sind so wenige Kunden im Tresen, *dass ich ein ordentliches Trinkgeld wohl knicken kann.*

Seufzend setzte ich mich an die Bar, so weit weg von Daan wie möglich. Jemand legte mir die Hand auf den Arm und sagte: »Ich habe dieselben Schichten abgekriegt. Das wird bestimmt lustig. Und ich komme auch immer zu spät. Menschen, die zu spät kommen, scheinen besonders intelligent und charmant zu sein.«

Ich drehte mich um und starrte erstaunt in ein unbekanntes Gesicht mit blauen Augen, kurzem blonden Haar und einem breiten Lächeln.

Das Gesicht zwinkerte und sagte: »Hi, ich bin Steven. Und neu hier. Ich bin letzten Monat nach Amsterdam gezogen und ich habe dringend einen Job gebraucht. Zum Glück konnte ich hier in der Kneipe gleich anfangen, auch wenn ich diesen Daan ziemlich schräg finde. Du bist doch Karolin?«

»Ja«, antwortete ich. »Schön, dich kennenzulernen. Und herzlich willkommen im großen bösen Tresen.*«*

Steven musste lachen. »Willst du was trinken? Ich wollte gerade was holen.«

Steven holte zwei Cola und wir redeten ein bisschen. Ich wollte mich eigentlich gar nicht unbedingt mit ihm unterhalten, aber so konnte Daan mich wenigstens nicht nerven. Steven war wirklich ein ganz netter Kerl. Er kam aus Rotterdam. Ich fragte, ob er vielleicht Schiedam kannte, da hatte ich nämlich früher mit meinen Eltern gewohnt, und es war ganz in der Nähe von Rotterdam, aber da war er noch nie gewesen. »Du hast nichts verpasst«, sagte ich. »Schiedam ist entsetzlich langweilig. Es sei denn, du magst Windmühlen, damit ist der Ort nämlich übersät.«

Steven erzählte, dass er nach Amsterdam gekommen war, um Betriebswirtschaft zu studieren. Wir quatschten noch ein bisschen über die Stadt und wo man am besten ausgehen konnte, aber als ich sah, dass Daan wegging, stand ich auf.

Zusammenfassung des bisherigen Tages: Sehr mäßig.

Dienstag, 15. August

Ich muss etwas Merkwürdiges loswerden. Gestern Abend bin ich früh ins Bett gegangen. Ich war sehr müde und schlapp, ich hatte nicht mal Lust auf meinen Lieblingsfilm Notting Hill, *den es im Fernsehen gab.*

Wahrscheinlich hatte die Hitze mir zugesetzt. Die wahnsinnig heißen Tage und drückenden Nächte scheinen kein Ende zu nehmen. Aber gut, ich sollte mich nicht beklagen, diese Hitzewelle ist immer noch viel besser als ein verregneter Sommer.

Ich riss mein Zimmerfenster weit auf, warf die Decke vom Bett, stellte den Miniventilator auf volle Pulle und legte mich auf den Rücken. Zum Glück schlafe ich immer recht schnell ein.

Mitten in der Nacht schreckte ich hoch. Einen abscheulichen Moment lang wusste ich nicht, wo ich war. Es war dunkel in meinem Zimmer und totenstill. Mein Herz klopfte wie ein wild gewordener Dampfhammer. Da wusste ich es: Ich hatte wieder diesen Traum gehabt. Schon seit Jahren habe ich denselben Albtraum. Manchmal monatelang nicht, manchmal mehrmals in der Woche.

Ich träume dann immer, dass ich im Bett liege. Es ist stockdunkel, aber trotzdem kann ich etwas erkennen, zum Beispiel mein Nachtkästchen und das Poster von Brad Pitt. Ich bin nicht alleine, denn ich höre in einer Zimmerecke jemanden atmen. An der schweren Atmung ist zu hören, dass es ein Mann ist. Ich habe schreckliche Angst und rühre mich nicht. Ich habe keine Ahnung, wer er ist, aber irgendwie spüre ich, dass dieser Mann nichts Gutes im Schilde führt. Da bin ich mir sicher.

Und dann geschieht etwas. Das Atmen bewegt sich und kommt sehr langsam näher. Ich sehe etwas schemenhaft durch mein Zimmer wandern, direkt auf mich zu. Hilfe, versuche ich zu rufen, aber mein Mund bewegt sich nicht. Das Atmen ist auf einmal über mir. Ich drehe meinen Kopf zur Seite und sehe zwei Beine neben meinem Bett stehen. Meine Augen versuchen, nach oben zu schauen, zu seinem Gesicht, aber ich schaffe es nicht. Der Mann streckt eine Hand nach mir aus. Er streicht mir mit einem eiskalten Finger über die Stirn, an meiner Wange entlang, zu meinem Hals. Ganz tief in mir kommt ein Gedanke auf: Flucht. Ich versuche, mich aufzurichten. Langsam, mit größter Anstrengung, bewege ich ein Bein. Aber da schließt sich seine Hand um meinen Hals. Ich schreie, der Mann lacht und in diesem Moment werde ich immer wach.

So geht mein Traum schon seit Jahren. Es ist eine sehr unangenehme, aber sehr vorhersehbare Erfahrung. Heute Nacht aber war der Traum anders. Oder besser: Er fühlte sich anders an. Es fühlte sich dieses Mal so an, als ob mir wirklich jemand mit dem Finger über das Gesicht strich. Als ich hochschreckte, spürte ich die Berührung noch auf meiner Wange. Ich knipste meine Nachttischlampe an und alle Ängste der Welt spukten mir fünf Minuten lang im Kopf herum.

Ich wartete auf ein Geräusch oder einen Schatten, der durch mein Zimmer wanderte, aber es geschah nichts. Natürlich nicht. Ich machte mich gerade selbst verrückt, das war mir klar. Plötzlich hörte ich draußen ein leises Knistern. Wieder begann mein Herz zu rasen. Ich sprang aus dem Bett und rannte zum Fenster. Ich spähte durch einen Spalt zwischen den Gardinen. Die Straße war dunkel und verlassen. Ich beobachtete die Straße noch ein paar Minuten, aber da war wirklich niemand.

Ich kroch wieder ins Bett und versuchte einzuschlafen. Es hatte keinen Sinn. Ich konnte nicht mehr schlafen. Jedes Piepsen, Knacken oder Seufzen des Hauses klang verdächtig. Um sechs Uhr sah ich, dass es draußen hell wurde. Ich hörte die ersten Autos durch die Straßen fahren und dann kam auch der Müllwagen vorbei. Um halb acht ging ich duschen. Ich hatte entsetzliche Kopfschmerzen und alles kostete mich unglaublich große Anstrengung. Interessant, dieser Zusammenhang zwischen Schlafmangel und meinen Stimmungen.

Ich fühlte mich etwas besser, als Puck gegen drei Uhr anrief und fragte, ob ich auch ins Vertigo *im Vondelpark kommen wollte. Es wurde letztendlich ein superschöner Nachmittag mit Puck, Nora und Julia. Zwei Flaschen Rosé haben wir geleert. Julia hat in den Ferien einen italienischen Jungen geküsst. Jetzt ruft er sie ständig an und sagt ihr, dass*

er sie besuchen will, obwohl sie gar nicht in ihn verliebt ist, echt lustig. Nora und Puck konnten gar nicht aufhören, von ihrem Urlaub in Spanien zu erzählen. Sie haben zwei Wochen lang Party gemacht und in der Sonne gelegen. Meine Urlaubsgeschichten waren nicht ganz so spannend. Das war endgültig das letzte Mal, dass ich mit meinen Eltern mitgefahren bin. Puck wollte wissen, ob ich Noah schon wiedergesehen hatte. Ich habe kurz von meinen Zweifeln erzählt. Alle waren sich einig, dass ich nichts übereilen soll. »Sonst sind wir noch alle vier Single«, sagte Nora lachend. Wir tranken auf die Liebe, auf die Abschlussprüfung und unsere Freundschaft.
So in der Sonne war die Erinnerung an meinen Traum beinahe verschwunden. Beinahe, denn jetzt, wo ich alleine in meinem stillen, leeren Zimmer sitze und es draußen zu dämmern begonnen hat, muss ich auf einmal wieder daran denken. Verdammt, ich habe keine Lust, schlafen zu gehen. Es ist halb zehn. Wen kann ich um diese Zeit noch anrufen? Noah? Puck?

Hmm, offensichtlich bin ich das einzige lebende Wesen auf der Welt, das heute Abend nichts zu tun hat. Noah ging nicht dran, bei Puck war besetzt, bei Julia auch, und Noras Handy war ausgestellt, denn ich hatte sofort ihre Mailbox dran. Ist denn wirklich niemand zu sprechen? Auf einmal kommt mir Eva in den Sinn. Es ist so lange her, dass ich mit ihr gesprochen habe, bestimmt mehrere Monate. Und das war ein kurzes, etwas unangenehmes Gespräch auf der Straße, als wir uns zufällig getroffen hatten. Ich habe keine Ahnung, was sie in den Sommerferien gemacht hat. Soll ich sie anrufen und fragen, ob ich kurz vorbeikommen kann? Warum eigentlich nicht?

Samstag, 21. Oktober

Ich erinnere mich noch sehr gut an das Telefonat. Es war an einem Dienstagabend im August, kurz nach halb zehn. Ich war in meinem Zimmer und habe gelesen, als mein Handy ging. In Gedanken versunken ging ich dran. »Ja?«

»Hi, Eva«, sagte ihre Stimme, die ich sofort erkannte. »Hier ist Karolin.«

Ich war zu verblüfft, um etwas zu erwidern. Karolin rief mich an? Damit hatte ich nicht gerechnet. Früher haben wir täglich miteinander telefoniert, aber die Gespräche der vergangenen Jahre konnte ich an einer Hand abzählen, und in den letzten Monaten hatte sie mich gar nicht mehr angerufen.

»Hallo?«, sagte Karolin. »Eva? Bist du noch da? Ich höre dich nicht mehr.«

»Äh … ja«, antwortete ich, etwas kurz angebunden. »Was ist denn?«

»Hör mal, wäre es okay für dich, wenn ich kurz vorbeikomme?«, sagte sie, als wäre es die normalste Sache der Welt. Wieder trat Stille ein, weil ich nicht wusste, was ich sagen sollte. Es lag mir auf den Lippen, Karolin zu sagen, dass ich sie nicht mehr sehen wollte, aber dann hätte ich erklären müssen, warum. Und das wollte ich nicht. Also sagte ich bloß: »Okay, ich bin zu Hause. Bis gleich.«

Karolin brauchte keine zwei Minuten. Sie trug einen engen Jeansrock und ein weißes Top, und sie sah großartig aus, wie immer. Ich machte Tee und wir setzten uns in meinem Zimmer einander gegenüber. Wir saßen dort, ohne etwas zu sagen. Es war eine unangenehme Stille. Eine Stille, die schmerzhaft bewusst machte, dass wir zu lange nicht miteinander gesprochen hatten. Ich sah Karolin an und hatte nicht vor, die Erste zu sein, die etwas sagte.

Sie räusperte sich. »Wie geht's?«, fragte sie.

Ich antwortete, dass es mir sehr gut ginge. Karolin nickte und erzählte, dass sie gerade aus dem Urlaub zurückgekommen war. Wir redeten ein bisschen über die Sommerferien und dann verstummte das Gespräch.

»Willst du noch Tee?«, fragte ich.

»Nein, danke.«

Ich begann, mich zu fragen, warum um alles in der Welt sie hier war, als sie auf einmal sagte: »Weißt du, Eva, ich hatte letzte Nacht einen ganz seltsamen Traum. Von einen Mann, der mich angefasst hat. Hattest du schon mal einen Traum, der sich richtig echt angefühlt hat?« Sie fuhr sich mit der Hand durch ihre langen braunen Haare.

Im ersten Moment dachte ich, dass sie einen Witz gemacht hätte. Ich starrte ihr ins Gesicht. Sie wirkte ernst.

»Ja, schon oft«, antwortete ich. »Vor allem, als ich noch klein war. Was soll denn der Blödsinn?« Ich erschrak selbst über meine scharfe Antwort. Nie zuvor war ich Karolin gegenüber so grob gewesen. Wahrscheinlich wäre ich netter gewesen, wenn sie mir gesagt hätte, dass sie mich vermisste. Aber das war nicht der Fall. Sie war hergekommen, um über einen Traum zu reden! Offensichtlich war ich nur noch dafür gut genug. Auf einmal war ich schrecklich müde. Und enttäuscht.

Karolin war über meine Reaktion ebenso erschrocken. Zumindest fasste ich ihr Schweigen so auf.

Du hast mich im Stich gelassen, hätte ich fast gesagt. Aber stattdessen sagte ich leise: »Ich bin müde. Vielleicht ist es besser, wenn du jetzt gehst.«

In ihren Blick trat eine Verletztheit, die ich noch nie an ihr gesehen hatte. Sie schaute mich bestimmt eine halbe Minute lang so an und dann stand sie auf. »Okay, ich verstehe«, sagte sie nur.

Sie verstand überhaupt nichts. Sag was, sagte ich zu mir selbst. Sag, dass du sie vermisst hast. Sag, dass du nichts lieber willst, als wieder ihre Freundin sein. Aber mein Mund blieb stumm. Ich kniff mir so heftig in die Hand, dass es wehtat. Und dann war sie weg.

Das war das letzte Mal, dass ich mit Karolin gesprochen habe. Anderthalb Monate später stand meine Mutter in meinem Zimmer und erzählte mir, dass Karolin einen Unfall gehabt hatte. Ein Lieferwagen hatte sie angefahren, als sie mit dem Rad bei Rot über die Straße gefahren war. Laut Zeugen hatte Karolin dabei sehr aufgewühlt gewirkt, berichtete meine Mutter. Wahrscheinlich hatte sie nicht richtig aufgepasst. Sie war auf der Stelle tot.

Es ist gerade mal zehn Tage her, dass ich das erfahren habe. Und ich träume schon zehn Nächte lang von Karolin. Unser letztes Gespräch verfolgt mich in furchtbaren Albträumen. Die ganze Zeit sehe ich diesen verletzten Blick in ihren Augen. Das Bild verfolgt mich. Und tagsüber habe ich immer wieder das Gefühl, Karolin aus den Augenwinkeln zu sehen, wenn ich durch die Stadt fahre oder durch die Schule laufe. Wenn ich den Kopf drehe und genau hinschauen will, verschwindet ihr Gesicht in der Menschenmenge. Natürlich, sie ist nicht da und sie wird auch nie mehr da sein. Meine Reue kommt zu spät.

Ich lege Karolins Tagebuch zur Seite. Es ist heute Vormittag mit der Post gekommen, zusammen mit den sechs anderen Heften, die sie in den ersten Schuljahren vollgeschrieben hat. In dem Paket war ein kurzer, handgeschriebener Brief von Karolins Mutter.

Liebe Eva,

Du warst Karolins wichtigste Freundin in Kindertagen. Ich finde es schade, dass ihr euch in den letzten Jahren weniger getroffen habt. Aber Du warst Karolin immer sehr wichtig. Bitte behalte ihre Tagebücher als Erinnerung an eure Freundschaft. Ich wünsche Dir alles Gute.

Suzette

Ich habe die Tagebücher mit leichtem Schrecken aus dem Paket genommen und auf meinen Schreibtisch gelegt. Ich ließ ein Heft nach dem anderen durch die Finger gleiten. Ich hatte ganz gewiss nicht vor, die Tagebücher zu lesen. Eigentlich wollte ich sie ihrer Mutter zurückschicken. Was sollte ich damit? Ihre Mutter hatte einen riesigen Irrtum begangen, indem sie sie mir gegeben hatte.

Ich habe bestimmt eine halbe Stunde auf die Tagebücher gestarrt. Ich dachte daran, dass Karolin noch gelebt hatte, als sie in diese Hefte geschrieben hatte. Dass sie wahrscheinlich auch unsere Freundschaft beschrieben hatte. Der Gedanke überwältigte mich und ich schlug ein beliebiges Heft auf. Karolins ordentliche Handschrift kringelte sich auf dem Papier. Ich wollte nicht lesen. Aber ich tat es doch. Und ich wusste, dass ich meine Chance, die Tagebücher zurückzuschicken, vertan hatte. Ich hörte ihre Stimme in den Sätzen, die ich las, ich sah auf jeder Seite, die ich aufschlug, ihr Gesicht: Ich konnte nicht mehr aufhören zu lesen.

Zufällig hatte ich das aktuellste der Tagebücher erwischt. Ich las von dem Einbruch, von ihren düsteren Momenten und ihren Zweifeln wegen Noah. Es war schmerzhaft und verwirrend, von ihren Gefühlen zu lesen, die mir so unbekannt waren. Als ich an die Stelle kam, an der sie mich anrufen wollte, habe ich aufgehört. Mir tat schon allein bei dem Gedanken an den Abend der Kopf weh. Wieso beschäftigt mich das eigentlich alles so? Wir sind schon seit Jahren keine Freundinnen mehr. Und das ist nicht meine Schuld.

Karolin wurde an dem Tag meine beste Freundin, an dem sie neben uns eingezogen ist. Sie war acht und ich war sieben und die Sommerferien hatten gerade angefangen. Ich hatte wenige Freundinnen, und Karolin kannte in Amsterdam noch niemanden, also verbrachten wir die ganzen Ferien zusammen. Wir spielten im Vondelpark, gingen in den Wald und konnten stundenlang über alles und nichts reden und kichern.

Als die Schule wieder begann, blieben wir unzertrennlich. Karolin war eine Klasse über mir, aber nach der Schule gingen wir immer Hand in Hand nach Hause. Meistens wusste ich schon, wie es Karolin ging, bevor sie es mir erzählte. Wir hatten eine Art sechsten Sinn dafür entwickelt, durch den wir uns ohne Worte verstanden. Trotzdem gab es auch viele Unterschiede zwischen uns. Karolin war das Mädchen, das ich immer hatte sein wollen, aber nie werden würde. Sie war so selbstbewusst und spontan. Ich war viel ruhiger und schüchtern. Karolin war schon in der Grundschule eine Schönheit mit ihrer grazilen Figur, den tiefblauen Augen und den langen braunen Haaren. Ich trug eine Zahnspange, war dicklich und meine roten Haare waren kurz geschnitten wie bei einem Jungen. Aber das alles stand unserer Freundschaft nicht im Weg, im Gegenteil, wir schienen uns gerade deswegen sehr gut zu ergänzen.

Der Sommer, in dem Karolin zwölf wurde, veränderte alles. Karolin war ein Jahr älter und wechselte im August die Schule. Ich blieb alleine zurück. Nie werde ich vergessen, was an dem Nachmittag nach dem ersten Schultag geschah. Ich war früh zu Hause und wartete im Garten auf Karolin. Ich war so neugierig, wie es in ihrer neuen Schule war. Als Karolin in unsere Straße einbog, sah ich, dass ein anderes Mädchen neben ihr herradelte. Groß, schlank und genauso hübsch wie Karolin. Ich hörte sie zusammen lachen und spürte, wie ich schrumpfte. Im ersten Moment schien alles in Ordnung zu sein. Karolin begrüßte mich fröhlich und erzählte begeistert, dass ihr erster Schultag großartig gewesen war. Das Mädchen, das Puck hieß, war in ihrer Klasse. Aber als sie mich als ihre Nachbarin vorstellte und nicht als ihre beste Freundin, wusste ich, dass sich an diesem Tag etwas Wesentliches verändert hatte. Sie fragte nicht, ob ich mit ihr und Puck reinkommen wollte. Ich ging nach Hause und konnte nur an das andere Mädchen denken, das jetzt wahrscheinlich auf meinem Platz in Karolins Zimmer saß.

In diesem Jahr besuchte mich Karolin immer seltener. Und wenn wir miteinander sprachen, war es anders als vorher. Als hätte sie eine Welt betreten, die ich nicht verstand. Sie begann, sich anders anzuziehen, rauchte auf einmal und redete über Jungs, die ich nicht kannte. Ich hoffte, dass alles wieder normal werden würde, sobald ich auch auf das Gymnasium kam. Aber das geschah nicht. In meinem ersten Jahr dort war ich eine unsichere Siebtklässlerin, während Karolin zur In-Clique der Schule gehörte. Sie war nie unfreundlich zu mir, aber die Distanz zwischen uns war einfach zu groß geworden.

Eine Zeit lang wurde ich fast verrückt vor Einsamkeit, aber das habe ich ihr nie erzählt, weil ich Angst hatte, dass Karolin mich dann jämmerlich oder weinerlich finden würde. Schließlich habe ich mich mit Hanna und Marjolein angefreundet, zwei Mädchen aus meiner Klasse, die auch ein bisschen außen vor waren. Fünf Jahre lang habe ich Tag für Tag gehofft, dass Karolin wieder meine Freundin werden würde. Zuerst war ich verzweifelt. Dann traurig und verletzt. Und schließlich kam die Wut. Dieses Gefühl beherrschte alles, als Karolin an jenem Abend im August vorbeikam.

Wahrscheinlich hat Karolin meine heftige Reaktion in ihrem Tagebuch ausführlich beschrieben. Ich schaffe es nicht, das durchzulesen. Also blättere ich schnell ein paar Seiten weiter.

Montag, 28. August

Was für ein bescheuerter Tag. Gleich von Anfang an. Beim Frühstück nervte meine Mutter wegen meiner Prüfungswoche im Oktober. Ob ich schon angefangen hätte zu lernen, fragte sie. Ich dachte, ich werde verrückt: Wir haben verdammt noch mal erst seit einer Woche wieder Schule. Warum, warum, *tut meine Mutter das bloß immer? Sie gibt mir das Gefühl, ohne ihre Hilfe nichts hinzukriegen. Ich wünschte, Mama würde ganz normal arbeiten gehen, wie alle anderen Mütter. Dann wäre sie seltener zu Hause. Und müsste mir nicht ständig auf die Nerven gehen.*

Papa wirkte während des Frühstücks ziemlich abwesend. Meistens ergreift er Partei für mich, wenn Mama wieder mal die Übermutter raushängen lässt. Aber als sie ihn fragte, ob er ihrer Meinung sei, sagte Papa Ja. Oder besser gesagt: Er sagte nicht Ja, er nickte nur. Ich glaube, mein Vater macht sich Sorgen um seine Firma. In den letzten Monaten hatte er wenige Aufträge. Papa sagt immer: »Die Leute kaufen lieber einen billigen Schrank bei IKEA als einen meiner teuren Entwürfe. Mit Möbelschreinerei kann man kein Geld mehr verdienen.« Ich hoffe nicht, dass seine Stimmung wieder so düster wird wie zu Beginn des Jahres. Und an dem besorgten Blick in den Augen meiner Mutter sah ich, dass sie dasselbe dachte.

Es war Viertel nach acht, als ich draußen an meinem Fahrrad stand und merkte, dass ich mein Handy vergessen hatte. Ich lief ins Haus und suchte in meinem Zimmer, meinen Taschen, auf meinem Schreibtisch. Schließlich fand ich das Ding unter meinem Kissen. Grrr. Natürlich lag es da, schließlich hatte ich gestern Abend im Bett noch meine Mailbox abgehört. Noah hatte mich mehrfach angerufen, aber ich hatte ihn auf die Mailbox sprechen lassen. Er hatte zwei Nachrichten hinterlassen. Beim ersten Mal sagte er, dass er mich vermisse. Und ob ich ihn zurückrufen könne. Bei der zweiten Nachricht klang er etwas kurz angebunden und sagte, dass er jetzt schlafen gehe und mich morgen in der Schule treffen würde.

Ich habe schreckliche Schuldgefühle. Noah ist immer so lieb zu mir, aber es ist, als hätte ich mich nach den Ferien mit einem Ruck von ihm losgerissen. Ich vergrößere die Distanz zwischen uns von Tag zu Tag. Seine Liebe für mich empfinde ich jetzt als beklemmend, seine Ruhe und Besonnenheit beginnt, mich zu reizen, und seinen Humor finde ich plötzlich langweilig und kindisch. Es gibt Momente, in denen ich denke: Das ist nur eine meiner Launen, es geht wieder vorbei. Aber als ich gestern Abend im Bett lag, wurde mir auf einmal klar, dass ich Schluss machen muss. Ich hatte mir genau überlegt, was ich ihm sagen wollte. Aber heute Morgen schaffte ich es nicht, den Mut dazu aufzubringen. Warum kann ich nicht ohne Noah leben, will aber auch nicht mehr mit ihm zusammen sein? Irgendwo in meinem Gehirn muss ein Schalter kaputt sein. Die Ferien sind noch nicht mal zwei Wochen vorbei und ich bin jetzt schon ganz fertig von meiner Grübelei.

Zurück zu heute Morgen. Fünf Minuten vor halb neun saß ich dann endlich auf dem Fahrrad, meine erste Stunde begann um halb. Ich raste durch die Stadt und ignorierte jede rote Ampel. Aber es war vergeblich. Als ich an der Schule ankam, war der Schulhof schon leer.

»Karolin Simonsen, du bist schon wieder zu spät! Und das Schuljahr hat gerade erst angefangen!«, donnerte Hermelink, mein Niederländischlehrer, als ich in die Klasse kam. »Mit dieser Einstellung bestehst du niemals!«

Warum muss mich dieser Mann immer so öffentlich abkanzeln? Ich murmelte eine Entschuldigung und glitt genervt auf meinen Platz neben Puck.

»Blödmann«, flüsterte ich. »Mit seiner bescheuerten Frisur erinnert er an ein explodiertes Meerschweinchen.«

Puck konnte das Lachen kaum unterdrücken und ihr Gesicht lief helllila an. Ich blickte schnell in die andere Richtung, ich wusste, dass ich sonst auch lachen musste.

Die Stunden bis zur ersten Pause rauschten an mir vorbei.

Zumindest kann ich mich nicht mehr erinnern, worüber wir in Mathe und Wirtschaft gesprochen haben. Gott sei Dank klingelte es um Viertel vor elf. Pause! Ich lief mit Puck ins Freie, auf der Suche nach Nora und Julia, die gerade Französisch gehabt hatten. Und da sah ich Noah auf einer der Bänke sitzen. Er winkte mich zu sich. Ich wünschte, ich hätte so tun können, als hätte ich ihn nicht gesehen, aber das war unmöglich. Puck sah mich bedeutungsvoll an und sagte, dass sie mir schon mal einen Kaffee holen gehe. Ich schlenderte zu Noah hinüber.

»Hi.« Ich lächelte, aber er erwiderte mein Lächeln nicht.

»Wie war dein Unterricht?«, fragte Noah etwas distanziert.

»Prima«, antwortete ich. Zum Glück war er nicht in meinem Jahrgang.

»Ich habe dich gestern Abend angerufen, aber ich hatte

immer nur deine Mailbox dran«, sagte Noah leicht vorwurfsvoll. »Und du hast mich nicht zurückgerufen.«

Ich nickte. Er hatte recht. Aber trotzdem hatte ich nicht vor, es ihm zu erklären. Stattdessen sagte ich: »Ich habe einen total schlechten Tag. Dafür könntest du ruhig etwas mehr Verständnis haben.«

»Ich Verständnis für dich? Verdammt, Karolin!«, rief Noah. »Du benimmst dich in letzter Zeit total komisch. Ist irgendwas?«

»Wieso?«

»Wieso?«, wiederholte er meine Antwort. »Weil du mir schon seit zwei Wochen ausweichst. Bist du eigentlich noch in mich verliebt?«

Ich erschrak über seine Frage. Wir starrten uns eine Weile an. Ich wollte etwas sagen, aber ich merkte, dass ich nichts zu sagen hatte.

Ein Knall ertönte, als Noah mit der Faust auf die Bank schlug.

»Himmel. Dann sag es halt. Sag, dass du nicht mehr in mich verliebt bist, wenn das so ist.«

Ich hielt den Atem an, geriet sogar ein bisschen in Panik. Das Gespräch verlief völlig falsch. Was tat ich denn hier? Gott sei Dank klingelte es in diesem Moment. Die Pause war zu Ende.

»Muss weiter«, murmelte ich. »Lass uns später reden.«

Ich drehte mich schnell um und lief weg.

»Verdammt, Karolin!«, rief Noah. »Das kannst du nicht machen. Komm zurück.«

Aber ich tat, als ob ich ihn nicht hörte.

Oh Gott, fühle mich immer noch schrecklich wegen heu-

te Morgen. Irgendwie hatte ich gehofft, dass Noah mich nach der Schule anrufen würde. Aber er rief nicht an. Ich bin von mir selbst so angestrengt. Hab keine Lust, gleich arbeiten zu gehen. Hoffentlich ist es im Tresen *ruhig und ich kann früh nach Hause.*

Dienstag, 29. August, 04:30 Uhr!!!

Gott, oh Gott, oh Gott. Ich zittere, während ich das schreibe. Etwas Seltsames geht vor sich, ich schwöre es. Vor zwei Wochen hatte ich doch diesen Traum? Und es kam mir doch so vor, als ob mich dieser Mann wirklich angefasst hätte? Tja, gerade eben ist schon wieder etwas sehr Unheimliches passiert.

Ich bin gegen halb eins schlafen gegangen, aber um vier Uhr bin ich auf einmal von irgendwas wach geworden. Mein Kissen und meine Wangen waren schweißnass und ich hatte schreckliche Kopfschmerzen. Alles war dunkel. Sehr dunkel. Ich lauschte meinem eigenen unruhigen Atem. Und dann wusste ich es wieder: Ich hatte im Schlaf jemanden atmen hören! Direkt neben mir, genau wie im Traum. Aber dieses Mal hatte es ganz anders geklungen, viel lauter und realer. Und noch unheimlicher: Die rechte Seite meines Bettes fühlte sich warm an! Hatte jemand neben mir gesessen, der plötzlich abgehauen war, als ich wach wurde?

Dann, bäng, hörte ich draußen ein seltsames Geräusch. Ich lief zum Fenster. Mir standen die Nackenhaare zu Berge, als ich hinausschaute. Alles schien normal. Aber dann hörte ich das Geräusch wieder, direkt über mir, und kleine Steine fielen an meinem Fenster vorbei nach unten. Es war jemand auf dem Dach! Meine Beine zitterten wie verrückt, solche Angst hatte ich. Ich nahm mein letztes bisschen Mut zusammen, hängte mich ein Stück aus dem Fenster und sah nach oben. Jemand starrte mich an. Das spürte ich, auch wenn ich nichts sah. Plötzlich kam eine dicke Taube unter einem der Dachziegel hervor. Das blöde Vieh sah mich mit seinen grellgelben Augen direkt an und flog dann weg.

Trotzdem habe ich keinen Vogel gehört, das weiß ich genau, auch wenn ich es nicht beweisen kann. Ich habe in meinem Zimmer alle Lampen angemacht. Ich werde sicher nicht mehr schlafen, vergiss es. Sobald ich die Augen zumache, geschehen unheimliche, merkwürdige Dinge. Aber erzähl das mal jemandem! Keine sehr überzeugende Geschichte, fürchte ich.

Ich versuche, an irgendwas zu denken, an etwas Schönes, etwas Sicheres, und ich denke an Noah. Und auf einmal breche ich in Tränen aus. Weine ich, weil ich Angst habe oder weil Noah langsam aus meinem Leben verschwindet? Ich weiß es nicht. Mein Herz rast und meine Augen brennen. Verdammt, morgen bin ich sicher total fertig wegen dem ganzen Theater. Gehe jetzt eine rauchen, und dieses Mal ist es mir total egal, wenn meine Eltern dahinterkommen.

Montag, 23. Oktober

In der Schule erinnert heute nichts mehr an Karolins Tod. Nicht mal eine Woche nach der Beerdigung sind alle Blumen und Kerzen aus dem Foyer entfernt worden. Dort, wo Karolins Foto hing, klebt jetzt ein Poster mit der Ankündigung für die Weihnachtsfeier. Die Schüler laufen redend und lachend durch die Gänge. Der Unterschied zu letzter Woche ist groß, beinahe zu groß. Da war die Schule wie ein großes Trauerhaus. Alle waren fassungslos und konnten nur noch über Karolin sprechen. Zwischen den Schülern wuchs ein Band, das sich fast wie Freundschaft anfühlte.

Aber jetzt beschäftigt es niemanden mehr, dass Karolin tot ist, zumindest habe ich diesen Eindruck. Ich fange Gesprächsfetzen über Feiern, Wochenendausflüge und zu viel Alkohol auf. Auch Hanna und Marjolein reden über etwas völlig anderes, als ich in die Klasse komme. Ich höre Marjolein sagen: »Marcel Schutte hat gefragt, ob ich ihm mit Mathe helfen kann.«

Hannas Augen werden groß. »Was? Wer? Marcel Schutte? Der Marcel? Im Ernst?«

»Mmm, ja«, sagt Marjolein. »Genau der Marcel. Mit den roten Haaren und dem Ohrring.«

Ich setze mich in die Bank hinter Hanna und Marjolein. Hanna beugt sich gleich zu mir nach hinten. »He, Eva, hör dir das an: Marcel Schutte möchte, dass Marjolein ihm Nachhilfe gibt. Ist doch nicht zu glauben, oder?«

Ich nicke und ziehe mein Chemiebuch aus der Tasche.

»Ich weiß nicht, was ich machen soll«, sagt Marjolein.

»Ach, komm«, antwortet Hanna, »er ist doch eigentlich

ganz passabel. Er sieht ein bisschen alternativ aus, aber hässlich ist er nicht. Vielleicht solltest du es einfach ausprobieren.«

Sie packt mich am Arm. »Was meinst du, Eva? Soll Marjolein Marcel helfen oder nicht?«

»Weiß nicht«, seufze ich, ohne sie anzuschauen.

Marjolein scheint meine Antwort zu genügen. »Okay, ich werde mal drüber nachdenken. Wie war eigentlich dein Wochenende? Hast du noch irgendwas Schönes gemacht?«

Zum Glück kommt in diesem Moment Zijlstra rein, unser Chemielehrer. Er erzählt irgendwas Langweiliges über eine basenkatalysierte Reaktion. Ich starre in mein Buch. Heute Nacht habe ich stundenlang wach gelegen und versucht, Karolin aus dem Kopf zu bekommen. Es hat nicht funktioniert. Ich musste immer an die Tagebuchaufzeichnungen denken, die ich gelesen habe. Wenn ich zum zweiten Mal so verrückt geträumt hätte, hätte ich auch Angst gehabt. Aber anstatt sie zu beruhigen, hatte ich an jenem Abend mit ihr gestritten. Ich konnte es drehen und wenden, wie ich wollte, mein ganzer Körper hat sich schuldig gefühlt. Schließlich bin ich aufgestanden und habe mich ans Fenster gesetzt. Nach einer Weile war mir so kalt, dass ich nichts mehr gefühlt habe.

Ich höre Hanna und Marjolein über einen Witz von Zijlstra lachen. Ich kann nichts dagegen machen, aber auf einmal vergleiche ich sie mit Karolin. Das sollte ich lassen, es ist nämlich nicht fair. Hanna ist ein nettes, aber unauffälliges Mädchen. Sie hat fünf Dioptrien und trägt immer eine Brille mit dicken Gläsern, durch die ihre grauen Augen in ihrem schmalen Gesicht sehr groß und reserviert wirken.

Ihre blonden Haare sind meistens zu einem Zopf geflochten oder zu einem Pferdeschwanz gebunden und sie schminkt sich nie. Marjolein ist ganz anders. Sie ist ein bisschen ungewöhnlich. Oder besser gesagt, sie sieht ziemlich ungewöhnlich aus. Sie färbt ihre langen Locken pechschwarz, trägt jeden Tag roten Lippenstift und hüllt sich in grelle Kleider, die sie auf irgendwelchen Märkten kauft. Hanna und Marjolein sind zwei Extreme, die auf den ersten Blick nicht zusammenpassen.

Als ich zu Hanna und Marjolein in die Klasse kam, fand ich sie nicht wirklich interessant, vor allem ganz anders als Karolin. Wir hatten nur eins gemeinsam: Niemand aus der Klasse beachtete uns. Hanna und Marjolein schienen sich damit nicht abfinden zu wollen und wurden schnell Freundinnen. Ich habe mich noch monatelang einsam und unglücklich gefühlt, bis wir eines Tages in der Cafeteria ins Gespräch kamen. Ich saß allein am Tisch, und weil ansonsten nichts frei war, setzten sich Hanna und Marjolein neben mich. Wir quatschten ein bisschen über die Schule, und auf einmal fragten sie, ob ich mit ihnen zusammen an einem Projekt für Bio arbeiten wollte. Eigentlich hätte ich lieber Nein gesagt, aber dann hätte ich das blöde Projekt alleine machen müssen, also sagte ich Ja.

Das war der Beginn unserer Freundschaft. Als das Referat fertig war – wir bekamen eine gute Note –, trafen wir uns weiter. Zuerst, weil ich sonst niemanden hatte, mit dem ich was unternehmen konnte. Aber mit der Zeit lernte ich sie immer besser kennen und wir wurden richtige Freundinnen. Bei Hanna mit ihrer ruhigen, ernsten Art fühlte ich mich wohl und durch Marjoleins ungewöhnlichen, extremen Charakter bekam ich gute Laune. Trotzdem haben beide nie Karolins Platz einnehmen können.

»He, Eva, die Stunde ist schon seit ein paar Minuten zu Ende«, höre ich Hanna auf einmal sagen. »Kommst du mit? Sonst kommen wir zu spät zu Niederländisch. Marjolein ist auf dem Klo.«

Ich sehe auf, direkt in Hannas Augen. Große graue Augen mit ein paar grünen Einsprengseln und langen blonden Wimpern. Mit Kontaktlinsen und ein bisschen Wimperntusche würde sie viel hübscher aussehen. Aber das sage ich nicht. Ich nicke bloß und stecke mein Chemiebuch in die Tasche.

Hanna starrt mich eine Ewigkeit an. Schließlich sagt sie: »Geht es dir gut? Du siehst müde aus.« Sie wischt sich eine Haarsträhne aus dem Gesicht und scheint über irgendetwas nachzudenken. »Denkst du an Karolin?«, fragt sie plötzlich. »Ich meine, ich kann mir vorstellen, dass es schlimm für dich ist, aber ihr wart schon so lange keine Freundinnen mehr ...«

Ihre Stimme klingt zögerlich.

»Ich habe schlecht geschlafen. Es ist nichts. Und warum sollte ich an Karolin denken? Jetzt spinn nicht rum.« Ich weiß nicht, warum ich lüge. Die Antwort strömt geradezu aus meinem Mund. Ich schätze, ich habe Angst, Hanna zu verletzen. Sie hat Karolin immer als eine Bedrohung für unsere Freundschaft empfunden, auch wenn ich hundertmal widersprochen habe. Noch mehr Lügen. Ich hätte Hanna und Marjolein ohne Zögern an die zweite Stelle geschoben, wenn Karolin dadurch wieder meine Freundin geworden wäre. Ich bin nicht stolz auf diesen Gedanken.

»Okay«, sagt Hanna, aber sie sieht mich unsicher an. »Hast du übrigens schon gehört, dass Nina und Edwin sich geküsst haben?«

Ich tue, als ob mich der Klatsch mordsmäßig interessieren würde. Hannas Gesicht entspannt sich, und sie füttert mich mit allen Details, während wir zum nächsten Klassenzimmer gehen. Ich antworte ab und zu, ohne wirklich zuzuhören. Für den Rest des Tages versuche ich, so fröhlich und entspannt wie möglich zu tun. Als es um drei Uhr endlich zum Schulschluss klingelt, bin ich völlig geschafft.

»Wollen wir bei mir zu Hause Hausaufgaben machen?«, fragt Marjolein.

»He, ja, gute Idee«, sagt Hanna. »Für Mathe müssen wir morgen alle Aufgaben aus Kapitel sechs fertig haben. Integralrechnungen. Ich könnte da echt ein bisschen Hilfe gebrauchen. Kommst du auch mit, Eva?«

»Nein«, antworte ich. »Ich bin tierisch müde.« Dieses Mal ist es keine Lüge.

»Schade«, sagt Hanna und zuckt mit den Schultern. »Du bist so gut in Mathe. Na ja, wenn wir nicht weiterkommen, rufen wir dich an.«

Wir gehen hinaus und stellen uns unter dem Vordach über dem Haupteingang unter. Es regnet. Nicht nur ein bisschen, sondern so heftig, dass die Wiese überschwemmt ist und die Gullys am Treppenabsatz gurgelnd überlaufen.

»Igitt, ich wandere in ein warmes Land aus«, motzt Marjolein. »Was für ein Mistwetter.«

»Bis morgen«, sagt Hanna und die beiden rennen durch den dichten Regen über das Schulgelände.

Ich sehe meinen Freundinnen nach. Sie sehen ziemlich

lustig aus. Marjoleins violettes Kleid flattert wie ein nasser Müllsack unter ihrer Jacke und Hanna springt ungeschickt über die Pfützen. Sie winken noch ein letztes Mal und verschwinden dann aus meinem Blickfeld. Ich knöpfe meine Regenjacke zu und setze mir die Kapuze auf. Langsam gehe ich zur Straße. Ich muss links abbiegen, um nach Hause zu kommen. Aber ich gehe nach rechts. Auf einmal ist mir danach, spazieren zu gehen. Dicke Regentropfen prasseln auf das Plastik meiner Jacke und mein Gesicht ist in kürzester Zeit klatschnass. Es ist dämmerig, obwohl es erst Nachmittag ist.

Der Regen erinnert mich an Karolin. Wir müssen ungefähr zehn gewesen sein. Es war ein Mittwochnachmittag und fürchterliches Wetter, aber wir wollten unbedingt draußen spielen. Nachdem wir eine halbe Stunde gequengelt hatten, ließ Karolins Mutter uns endlich gehen, dick in Regenjacken, Mützen und Schals eingemummelt. Es war großartig. Wir liefen mit offenem Mund durch den Regen und versuchten, so viele Regentropfen wie möglich mit der Zunge aufzufangen. Leute liefen in nassen Jacken und mit tropfenden Regenschirmen an uns vorbei. Alle schauten uns an. Die beiden Mädchen sind nicht ganz bei Trost, hörten wir sie denken. Wir konnten nur darüber lachen. Lachen, weil die Tropfen auf der Zunge kitzelten, lachen über unsere tropfenden Nasen, lachen über die nasse Welt, die so überraschend schön war.

Die Erinnerung an mein Glück von damals verstärkt meine düstere Stimmung jetzt noch mehr. Ich vermisse Karolin so sehr, dass es beinahe körperlich wehtut. Ich denke nicht nach und überquere die Straße. Ich laufe an einer Zoohandlung vorbei. Drei Welpen springen ausgelassen gegen die Scheibe, aber ich beachte sie nicht. Ich gehe am Take-away-Chinesen vorbei, einer Zahnarztpraxis und einem Schuhgeschäft. Ich weiß nicht mehr, wo ich bin, und irgendwie gefällt mir das ganz gut. Ich überquere die Straße. Vor mir läuft eine Frau mit einem Kinderwagen, über den eine Plastikfolie gegen den Regen gespannt ist. Sie biegt nach links in eine Seitenstraße ab. Ich gehe in die gleiche Richtung.

Und auf einmal stehe ich an der Stelle, an der Karolins Unfall passiert ist: an der Kreuzung von Overtoom und Constantijn Huygensstraat. Der Regen peitscht mir ins Gesicht und ich blinzele. Dies ist der letzte Ort auf der Erde, an dem ich jetzt sein möchte, aber trotzdem bin ich hier. Wie konnte das passieren? Ich komme mir wie ein verirrter Idiot vor, der nach stundenlangem Herumirren im Wald wieder am Ausgangspunkt gelandet ist. Die Kreuzung sieht grau und trostlos aus. Ich starre auf den Strom aus Autos, Taxis und Radfahrern, der an mir vorbeibraust. Dicke Abgaswolken schweben wie tief hängende Wolken zwischen den Regentropfen. Auch wenn das kaum mehr geht, regnet es jetzt noch heftiger. Meine nasse Hose klebt in den Kniekehlen und meine Schuhspitzen glänzen vor Feuchtigkeit. Warum gehe ich nicht einfach wieder?

»Wartest du auf jemanden?«, höre ich plötzlich eine Stimme hinter mir. »Du darfst dich gerne kurz in meinem Laden unterstellen. Das Wetter ist ja zum Davonlaufen.«

Ich drehe mich um und sehe einen Mann in der Tür des Bettengeschäfts an der Ecke stehen. Er raucht eine Zigarette und lächelt mich an. Er hat graue Haare und bleiche, faltige Haut. Ich hatte ihn gar nicht bemerkt.

»Äh … nein, das ist nicht nötig. Vielen Dank.« Ich starre auf den Gehsteig und hoffe, dass er den Mund hält.

Offensichtlich aber hat der Mann Lust auf ein Schwätzchen, denn er fährt fort: »Mach mal einen Schritt zurück, Kind. Du stehst so dicht an der Straße. Ein Unfall ist schnell geschehen. Vor zwei Wochen ist hier ein Mädchen totgefahren worden. Es ist eine gefährliche Kreuzung.«

»Wie furchtbar«, murmele ich und beschließe, nach Hause zu gehen. Ich will nicht mit dem Mann reden. Und schon gar nicht über Karolins Unfall. Aber der Mann denkt offensichtlich anders darüber.

»Ich habe gesehen, wie es passiert ist. Ich stand hier und habe eine Zigarette geraucht, genau wie jetzt. Sie kam aus dieser Richtung mit dem Fahrrad angefahren«, sagt er und zeigt nach rechts. »Sie war ein hübsches Mädchen, das weiß ich noch genau. Darum habe ich wahrscheinlich auch so genau hingeschaut.«

Er grinst kurz. Ich starre auf seine braunen Schneidezähne und spüre Übelkeit in mir aufsteigen. Aber ich habe keine Kraft, wegzulaufen.

»Sie ist sehr schnell gefahren. Es war, als würde das arme Kind vom Teufel selbst gejagt werden. Die Ampel war noch gelb, als sie in vollem Tempo über die Kreuzung gerast ist, das schwöre ich. Auch wenn die Polizei jetzt behauptet, dass sie bei Rot gefahren ist. Aber es war nicht ihre Schuld.« Der Mann kneift die Augen ein Stück zusammen und mustert mich ausgiebig. Ich vermute, dass ich ihn verständnislos ansehe, denn er fährt in verschwörerischem Ton fort: »Sie war fast schon drüben, als auf einmal ein weißer Lieferwagen in einem Wahnsinnstempo aus einer Seitenstraße angerast kam. Einfach so, wie aus dem Nichts. Das arme Mädchen hatte nicht den Hauch einer Chance. Bum, lag sie auf der Stoßstange. Und der Lieferwagen fuhr einfach weiter. Es ist eine Schande. Sie haben den Fahrer immer noch nicht gefunden.«

Der Mann hustet und spuckt Schleim auf den Fußweg. »So ist es gewesen. Das habe ich mir nicht ausgedacht. Die Polizei irrt sich. Ich habe einem Polizisten alles gesagt, was ich beobachtet habe, aber offensichtlich sind sie der Meinung, ich sei alt und senil.«

Ich sehe ihn an, zitternd und klitschnass vom Regen, und ich weiß nicht, was ich sagen soll.

Der Mann zuckt mit den Schultern und wirft seine Zigarette weg. »Nett, mit dir gesprochen zu haben. Ich muss wieder an die Arbeit. Brauchst du zufällig gerade ein Bett? Ich hätte ein schönes Modell im Angebot. Willst du es vielleicht mal anschauen?«

»Ich habe schon ein Bett«, sage ich, weil ich irgendetwas sagen muss, um ihn loszuwerden.

»Ja?« Er klingt, als würde er mir nicht wirklich glauben. »Wie schade. Aber du kannst auch gern mal am Wochenende zum Gucken kommen. Am Samstag gibt es zehn Prozent Rabatt.«

Ich nicke. Ich würde nicht mal in diesen Laden gehen, wenn ich ein Bett geschenkt bekommen würde.

Dann geht der Mann endlich hinein und ich bin allein. Tausend Gedanken gehen mir durch den Kopf. Dass der Mann tatsächlich alt und senil ist. Dass ich bescheuert bin, hier zu stehen. Dass es keine Rolle spielt, ob Karolin bei Gelb oder Rot gefahren ist. Oder? Es bleibt ein Unfall und sie ist und bleibt tot. Ich laufe los. Erst langsam, dann immer schneller. Ich sehe noch aus dem Augenwinkel, dass der Mann aus dem Laden mir durch das Schaufenster nachstarrt.

Dienstag, 24. Oktober

Heute regnet es wieder. Als ich morgens wach geworden bin, habe ich schon die Regentropfen gegen mein Fenster peitschen hören. Ich bin noch eine Weile im Bett geblieben und habe versucht, mich an den Traum zu erinnern, den ich heute Nacht gehabt habe. Karolin war in meinem Zimmer. Sie weinte. Ich weiß nicht mehr, was danach geschehen ist, aber auf einmal stand ich vor meinem Fenster und sah sie draußen mitten auf der Straße stehen. Ein weißer Lieferwagen bog in die Straße ein, fuhr direkt auf Karolin zu. Ich schrie so laut ich konnte, dass sie zur Seite gehen sollte. Aber sie hörte mich nicht. Dann kam der Zusammenstoß. Karolin schwebte über die geparkten Autos an den Häusern vorbei, zu meinem Zimmerfenster. Sie kam sehr nahe und sah mich an. Ihr Gesicht war das Gesicht des alten Mannes, den ich gestern Nachmittag gesprochen hatte.

Ach, wäre ich gestern nach der Schule bloß direkt nach Hause gegangen. Es war schmerzhaft und verwirrend, all diese Einzelheiten über Karolins Unfall zu hören. Was hat mir das gebracht? Eine unruhige Nacht mit wirren Träumen und grässliche Kopfschmerzen. Ich schiebe mein Frühstücksbrot auf dem Teller von rechts nach links. Ich habe keinen Hunger.

»Eva«, ruft meine Mutter aus dem Flur. »Kommst du mit? Sonst bist du zu spät in der Schule und ich in der Arbeit. Ich warte im Auto auf dich.«

»Bin sofort da!«, rufe ich.

Auf meiner Armbanduhr sehe ich, dass es Viertel nach acht ist. In einer Viertelstunde beginnt meine erste Stunde. Wir müssen uns tatsächlich beeilen. Ich gehe ins Bad. Mein Spiegelbild starrt mich aus dem Spiegel über dem Waschbecken an. Ich sehe müde und blass aus. Ich schlucke zwei Aspirin und ziehe einen Kamm durch mein halblanges Haar. Es steht in alle Richtungen ab. Warum sehen meine Haare nur gut aus, wenn ich gerade vom Friseur komme? Ich habe keine Zeit, über diese Frage nachzudenken, denn ich höre meine Mutter draußen ungeduldig hupen. Ich mache schnell das Licht aus und mein Spiegelbild verschwindet.

Mit dem Rucksack über dem Kopf renne ich durch den Regen zum Auto. Meine Mutter streckt die Hand aus und zeigt auf das Handy, das in der Halterung auf dem Armaturenbrett steckt. Sie telefoniert. Ich nicke und setze mich. Es ist ein herrliches Gefühl, in der Trockenheit und Wärme des Autos zu sein. Zum Glück hat meine Mutter heute Vormittag einen Termin in Amsterdam und kann mich zur Schule bringen. Meistens ist sie schon bei der Arbeit, wenn ich aufstehe.

Sie gibt Gas und fährt los. Ich höre durch das Telefon eine Männerstimme sagen: »Die Leute wollen um jeden Preis ein orangefarbenes Sofa. Vielleicht kannst du sie noch umstimmen? Ich male noch eher die Wände grün an, als dass ich denen ein orangefarbenes Sofa hinstelle.«

»Mmm, ja«, murmelt meine Mutter und schaltet. »Ich werde ganz sicher kein Orange verwenden. Dann sollen sie sich einen anderen Innenarchitekten suchen.« Sie wischt sich eine Haarsträhne aus dem Gesicht und muss lachen.

Meine Mutter sieht gut aus. Sie hat lockige braune Haare, hellbraune Augen mit langen Wimpern und sie ist sehr schlank. Wo immer sie ist, schauen ihr die Männer nach. Leider sehe ich meiner Mutter nicht ähnlich. Ich bin weder hübsch noch hässlich, aber ausgesprochen unauffällig. Wenn ich die Straße entlanglaufe, verschwinde ich in der Menschenmenge; wenn ich auf einer Party bin, wird sich am nächsten Tag niemand an mich erinnern, und es hat sich noch nie ein netter Junge nach mir umgeschaut. Ich habe mich daran gewöhnt. Vielleicht habe ich auch angefangen, mich meinem langweiligen Äußeren entsprechend zu verhalten.

Meine Mutter sagt, dass ich meinem Vater wie aus dem Gesicht geschnitten sei. Ich weiß nicht, ob das ein Kompliment ist. Sie hat nur ein einziges Foto von ihm aufgehoben. Er sieht aus wie ein großer, kräftiger Mann mit blasser Haut und rötlichem Haar. Er lacht freundlich auf dem Foto. Ich kann mich an meinen Vater nicht erinnern. Er ist abgehauen, als ich drei war. Als ich kleiner war, habe ich immer gehofft, dass er auf einmal vor der Tür stehen würde. Ich habe mir jeden Abend vor dem Schlafengehen ausgemalt, dass er mich sehr liebt und wieder bei uns wohnen möchte. Bis zum heutigen Tag hat er nichts mehr von sich hören lassen. Ich habe schon sehr lange nicht mehr an meinen Vater gedacht.

»Eva?«, höre ich meine Mutter sagen. »Wir sind da.«

Ich kann einen Moment lang nicht antworten, so weit weg bin ich mit meinen Gedanken. Ich hatte gar nicht bemerkt, dass wir vor der Schule stehen. Und dass meine Mutter mich mit kritischem Blick anstarrt.

»Eva?«, sagt sie wieder. »Geht es dir gut?«

»Ja«, murmele ich und schnalle mich ab.

Die Antwort reicht meiner Mutter offensichtlich nicht.

»Bist du krank? Du bist so blass. Oder ist etwas anderes? Du würdest mir doch sagen, wenn etwas wäre, oder?«

»Natürlich«, sage ich und dabei belasse ich es.

Als ich im ersten Jahr an der neuen Schule war und den x-ten Nachmittag einsam zu Hause verbracht hatte, hat meine Mutter mal gesagt, dass ich meiner Freundschaft zu Karolin zu treu sei. Und dass ich akzeptieren muss, dass sie nicht mehr meine beste Freundin ist. Ich habe meine Mutter damals zwei Wochen lang ignoriert, so wütend war ich auf sie. Sie hat später nie mehr davon angefangen. Und dies erscheint mir nicht der richtige Moment, meiner Mutter zu erzählen, dass ich nächtelang wegen Karolin wach liege und dass ich noch dazu gestern an der Unfallstelle gewesen bin. Es wirkt selbst auf mich ziemlich bizarr.

Ich beuge mich zu meiner Mutter und gebe ihr einen Kuss. »Es ist wirklich nichts. Ich bin bloß ein bisschen müde«, sage ich.

»Gut. Dann solltest du heute Abend früh ins Bett gehen.« Sie zwinkert mir zu und gibt mir einen leichten Klaps auf die Wange.

»Mama, jetzt mach dir bitte keine Sorgen. Bis später dann. Viel Spaß bei der Arbeit.« Ich steige aus und laufe schnell zum Eingang.

Henk Poortstra, mein Mathelehrer, sieht mich an, als könnte er nicht glauben, was ich gerade gesagt habe. Er rollt mit den Augen und sein Mund ist ein langer, dünner Strich.

»Du hast deine Hausaufgaben nicht gemacht?«, wiederholt er barsch meine Antwort.

In der Klasse ist es mucksmäuschenstill. Alle sehen mich an. Von hinten in der Klasse höre ich Flüstern und leises Gekicher. Offensichtlich ist es sehr lustig, dass ich einmal keine Hausaufgaben gemacht habe. Ich schäme mich halb tot und fühle, wie meine Wangen rot werden. Warum hat Poortstra gerade mich für die Besprechung der Hausaufgaben herausgepickt? Als ich gestern Nachmittag durchgefroren und pitschnass nach Hause kam, habe ich mich mit einer Wärmflasche aufs Sofa gelegt. Alles Mögliche ging mir durch den Kopf, nur nicht meine Matheaufgaben.

Poortstra räuspert sich. »Wenn das noch mal vorkommt, brauchst du gar nicht mehr zu kommen. Verstanden?«

Ich nicke und weiche seinem Blick aus.

»Dann ist gut.« Es klingt etwas freundlicher. »Dann machen wir jetzt mit Differentialgleichungen weiter. Ihr habt fünf Minuten Zeit für die Übungsaufgabe auf Seite sechzig.«

Ich beuge mich über die Aufgabe. Hanna, die neben mir sitzt, stößt mich an.

»Warum hast du keine Hausaufgaben gemacht?«, fragt sie leise. »Warst du krank?«

Ich sehe Hanna kurz an. Ihr Blick wirkt besorgt.

»So in der Art«, sage ich schließlich.

»Mmm«, murmelt Hanna in einem Tonfall, als würde sie meine Antwort sehr bezweifeln. Sie kaut auf ihrer Lippe und runzelt die Stirn. Ich weiß, dass sie jetzt über irgendetwas grübelt. Die Falte auf der Stirn verschwindet.

»Wir trinken nach der Schule bei mir zu Hause Tee«, sagt sie entschlossen. »Nur wir drei. Und vorher holen wir uns Cremeschnitten vom Bäcker. Okay?«

Ich höre an ihrem bestimmten Ton, dass es keinen Sinn hat, Nein zu sagen. Aus den Augenwinkeln sehe ich, dass Poortstra zu uns schaut. Ich habe wenig Lust auf eine zweite Standpauke.

»Prima«, flüstere ich. »Wir reden nachher weiter, okay?«

Nach der letzten Stunde gehe ich mit Hanna und Marjolein die alte Marmortreppe zum Foyer herunter. Es hat endlich aufgehört zu regnen und das Sonnenlicht scheint auf den schwarz-weiß gemusterten Boden zu unseren Füßen.

»Ich habe Marcel vorhin gesagt, dass ich ihm in Mathe helfen werde«, sagt Marjolein.

Es bleibt einen Moment still, dann ruft Hanna: »Oh, echt? Erzähl! Wie hat er reagiert?«

»Psst, nicht so laut«, zischt Marjolein. »Gleich weiß es die ganze Schule. Wenn wir bei dir sind, erzähle ich alles.«

»Ups, sorry«, sagt Hanna. »Aber ich wusste einfach, dass du ihm Nachhilfe geben würdest. Ich glaube, Marcel ist in dich verliebt.«

Marjolein wirft ihr einen warnenden Blick zu.

»Okay«, sagt Hanna lachend. »Ich halte den Mund.«

»Ich gehe noch schnell aufs Klo«, sage ich, als wir unten sind.

»Beeilst du dich?«, fragt Marjolein. »Wir müssen doch noch beim Bäcker vorbei.« Sie hakt sich bei Hanna unter und sagt über die Schulter: »Wir warten draußen auf dich.«

Ich renne durch den verlassenen Gang zur Toilette, wo ich mich in eine leere Kabine setze. Die Tür zum Vorraum geht auf und zwei Mädchen kommen herein. Sie reden kichernd über einen Jungen. Ich spüle und die Stimmen schweigen abrupt. »Hier ist jemand«, flüstert eins der Mädchen. »Komm, lass uns gehen.« Das Geräusch von Schritten folgt und ich höre eine Tür zufallen. Ich warte einen Moment, bis ich sicher bin, dass ich allein bin, dann trete ich vor die Kabine. Im Spiegel übe ich ein Lächeln. Ich habe eigentlich keine große Lust, mit Marjolein und Hanna Tee zu trinken, aber ich will auch nicht den ganzen Nachmittag allein zu Hause sitzen und über Karolin nachgrübeln. Ich seufze, gehe hinaus und stehe auf einmal Auge in Auge mit Noah.

Ich erschrecke so über diese unerwartete Begegnung mit Karolins Freund, dass ich ihn mit offenem Mund anstarre. Er sieht müde aus, und ohne groß nachzudenken sage ich: »Geht es dir einigermaßen?«

Noah sieht mich an, als käme ich von einem anderen Planeten. Ich könnte mir die Zunge abbeißen. Warum habe ich ihn angesprochen? Ich kenne ihn überhaupt nicht, außer von den Geschichten aus Karolins Tagebuch.

»Wer zum Teufel bist du?«, fragt Noah. Er steht breitbeinig und mit verschränkten Armen vor mir.

»Karolins Nachbarin«, stottere ich. »Eva.«

»Aha.« Er schweigt ein paar Sekunden. »Karolin hat dich irgendwann mal erwähnt, glaube ich.« Er zuckt mit den Schultern.

Irgendwie fühle ich mich durch seine Antwort besser und traue mich zu sagen: »Ich muss viel an sie denken. Ich finde es so schrecklich.« Dann platze ich heraus: »Ich war gestern am Unfallort.« Noah sieht mich geistesabwesend an. Vielleicht lächle ich, aber ich habe Angst, dass ein dämliches Grinsen auf meinem Gesicht liegt, so nervös werde ich von Noahs starrem Blick.

»Der Mann aus dem Bettenladen am Overtoom hat den Unfall beobachtet«, rede ich weiter. »Er meint, dass Karolin bei Gelb gefahren ist. Aber die Polizei glaubt ihm nicht.«

»Verdammt!« Noah zieht die Augenbrauen hoch.

»Ja, fies, oder?«, sage ich und nicke. »Vielleicht hat der Mann ja recht und ...«

»Halt bitte den Mund«, sagt Noah so grob, dass ich erschrecke. Er macht einen Schritt nach vorn und ich nach hinten, wobei ich mit dem Rücken gegen die Wand stoße.

»Es ist mir völlig egal, ob sie bei Rot oder Gelb gefahren ist«, zischt er. »Ich will auf keinen Fall über Karolin reden.«

Ich starre ihn mit offenem Mund an. Unsere Blicke kreuzen sich und ich sehe Angst in seinen Augen aufblitzen. Oder bilde ich mir das nur ein?

»Belästige bitte jemand anderen. Aber lass mich in Ruhe.« Noah dreht sich um und verschwindet mit großen Schritten in der Toilette.

Mein Mund ist knochentrocken und mir klopft das Herz bis zum Hals. Ich versuche, Noahs Reaktion zu verstehen, aber es gelingt mir nicht. Auf einmal habe ich ein komisches Gefühl im Bauch, als ob ich kurz vor einer großen Entdeckung stehen würde. Hat Noah vielleicht etwas zu verbergen, hat er darum so komisch reagiert? Der Gedanke lässt mich nicht mehr los. Eins weiß ich sicher: Ich muss hier weg. Und zwar schnell. Bevor Noah wieder rauskommt.

Ich finde Hanna und Marjolein draußen vor der Schule, sie sitzen auf einer steinernen Bank.

»Na, das bist du ja endlich«, stöhnt Marjolein auf. »Wir haben uns schon gefragt, wo du bleibst.«

»Ich komme nicht mehr mit«, sage ich.

Sie sehen mich ungläubig an.

»Tut mir leid«, murmele ich. »Mir ist etwas Dringendes dazwischengekommen.« Ich drehe mich um.

»Eva, warte doch«, ruft Hanna. »Was ist los? Das kannst du nicht bringen! Komm bitte zurück!«

Ich ignoriere Hannas Bitten und gehe weiter. Ich habe noch ein paar Stunden. Ein paar Stunden, bevor meine Mutter von der Arbeit nach Hause kommt. Und ich ungestört in Karolins Tagebuch etwas über Noah lesen kann. Wer weiß, vielleicht finde ich dort eine Erklärung für sein seltsames Verhalten.

Donnerstag, 31. August

Meine Stimmung, auf den Punkt gebracht: BESCHISSEN
Wichtigste Ursachen:
1. Ich habe heute Nacht wieder *einen Traum gehabt.*
2. Noah ignoriert mich schon seit Montag.

Folge: Mein Kopf wandelt sich langsam in ein totales Chaos. Und ich bin zu müde, *um darin Ordnung zu schaffen.*

Zu Problem Nummer 1: Ein Mal komisch träumen, das geht in Ordnung. Zwei Mal derselbe Albtraum kann noch Zufall sein. Aber drei Mal von Dingen träumen, die so echt wirken, ist nicht mehr normal!

Heute Nacht war es ganz besonders schrecklich. Ich hab in meinem ganzen Leben noch nie solche Angst gehabt. Ich bin gegen Mitternacht aus dem Tresen *zurückgekommen und habe mich nicht so gut gefühlt. Ich war schrecklich müde und mir war ein bisschen schwindelig. Seit den Ferien habe ich damit öfter Probleme. Ich kann manchmal vor Müdigkeit kaum mehr die Augen aufhalten. Vielleicht habe ich Pfeiffersches Drüsenfieber? Das scheint zu grassieren. Sollte mir mal Blut abnehmen lassen. Zum Glück war im* Tresen *wenig los. Und Steven war so nett, das Abschließen zu übernehmen, sodass ich ein bisschen früher gehen konnte. Er ist echt ein lieber Kerl. Als ich zu Hause war, habe ich mich gleich mit einem Aspirin ins Bett gelegt. Ich wollte eigentlich wach bleiben, aber ich war so müde, dass ich sofort eingeschlafen bin.*

Mitten in der Nacht bin ich hochgeschreckt. Jedenfalls dachte ich, dass ich wach sei, aber irgendwas stimmte nicht. Ich konnte mich nämlich kaum bewegen. Meine Arme und Beine waren schwer wie Blei, als ob mir schwere Gewichte an Händen und Füßen hingen. Es war, als wäre ich in meinem eigenen Körper gefangen. Plötzlich stand der Mann wieder vor meinem Bett. Ich dachte: Ich weiß, was gleich passiert. Er fasst mich an, ich schreie und dann wache ich richtig auf. Aber so lief es nicht. Der unheimliche Typ machte dieses Mal etwas anderes! Er sprach mit mir. Und ich konnte zum ersten Mal sein Gesicht sehen. Weiß mit dunklen Augen und großem schwarzem Mund. Er erinnerte mich an einen Zombie aus einem Horrorfilm. Mein Gott, hatte ich Angst! Wenn ich mich recht erinnere, sagte er: »Tot sein heißt für immer schlafen.« Dann legte er mir die Hand auf die Augen. Alles wurde schwarz. Ich dachte, er würde mich umbringen, aber heute Morgen bin ich ganz normal aufgewacht. Mit brennenden Augen, trockenem Mund und grauenvollen Kopfschmerzen. Mein schlimmster Kater war nichts dagegen.

Was um alles in der Welt ist mit mir los? Es ist, als ob meine Traumwelt und die Wirklichkeit immer mehr miteinander verschmelzen und ich sie nicht mehr auseinanderhalten kann. Ich verstehe das nicht, ich begreife gar nichts mehr. Es gibt einfach keine vernünftige Erklärung für meine Träume. Ich habe einen Artikel über Schizophrenie gelesen. Das ist eine Krankheit, bei der man Dinge sieht oder hört, die nicht wirklich da sind. Ist es möglich, innerhalb weniger Wochen schizophren zu werden? Bestimmt nicht. Bescheuerte Vorstellung.

Sollte ich vielleicht doch mit meinen Eltern sprechen? Noch eine bescheuerte Idee. Mama schickt mich sofort zum Psychiater. Und Papa kann ich jetzt mit meinen Problemen nicht belästigen. Es geht ihm wirklich nicht gut. Er ist irgendwie durcheinander: erst zerstreut und abwesend und dann wieder düster und traurig. Ich habe ihn diese Woche schon zweimal weinen sehen, aber er tut dann immer so, als ob er was im Auge hätte. Ich fühle mich dabei ganz schreck-

lich. Papa heulen zu sehen, ist wirklich das Schlimmste, was es gibt. Ob er Depressionen hat? Ich habe das gestern Mama gefragt. Sie hat gesagt, dass ich mir über Papa keine Gedanken machen soll, und hat so getan, als ob nichts wäre. Offensichtlich denkt sie, dass ich ein unreifes, naives Kleinkind bin. Ach, ich hasse es, wenn meine Mutter mich so behandelt.

Wenn ich doch bloß Noah alles über meine aus den Fugen geratene Fantasie erzählen könnte! Er ist der Einzige, den ich ins Vertrauen zu ziehen gewagt hätte. Wahrscheinlich hätte er mich in die Arme genommen und mein Grübeln weggeküsst. Aber seit Montag sind Noah und ich nicht mehr »on speaking terms«. Wir simsen und telefonieren nicht und in der Schule ignorieren wir uns. Ich lasse unser letztes Gespräch immer wieder in meinem Kopf ablaufen und ich verstehe seine Wut. Ich bin so fies zu ihm gewesen. In jeder Pause würde ich am liebsten zu ihm laufen. Sein blasses, trauriges Gesicht küssen. Mich aussprechen. Aber ich sage nichts, tue nichts und entferne mich immer weiter von ihm. Und Noah lässt es zu. Vielleicht ist das überhaupt das Schlimmste daran.

Oh Gott, oh Gott, das ist so ziemlich die schrecklichste Woche meines Lebens. Bin so unglücklich. Und so furchtbar müde. Aber nach heute Nacht traue ich mich echt nicht mehr einzuschlafen. Versprich mir, Karolin, dass du an dieser Situation irgendwas ändern wirst!

Denn so kann es nicht länger weitergehen.

Freitag, 1. September, 07:50 Uhr

Gott sei Dank! Das muss ich schnell loswerden. Ich bin so erleichtert. Heute Nacht habe ich bis drei Uhr gelesen und dann bin ich wahrscheinlich irgendwann eingeschlafen, denn gerade hat mich die Sonne geweckt. Und ... ich habe nicht geträumt! Von nichts. Nicht von unheimlichen Männern, die mich würgen, nicht von Noah und nicht mal von den Abschlussprüfungen. Nach ein paar Stunden Schlaf fühle ich mich gleich etwas besser, wenn auch immer noch nicht so richtig wohl in meiner Haut. Lieber Himmel, wie ernst ich das alles gestern genommen habe. Vielleicht sollte ich diese Seite aus meinem Tagebuch reißen? Ich hoffe sehr, dass von nun an alles besser wird. Gehe schnell duschen, sonst komme ich zu spät zu Mathe.

Freitag, 1. September, 15:25 Uhr

Bin wieder zu Hause und fühle mich doch nicht ganz so gut, wie ich heute Morgen dachte. Schule war eine Katastrophe. Eine absolute Katastrophe. Die ersten beiden Stunden waren noch ganz okay, aber in Englisch ging alles schief. Kooistra beschloss spontan, einen unangekündigten Test zu schreiben. Natürlich hatte ich gestern nicht die Vokabeln aus Kapitel neun gelernt, dafür war ich viel zu durcheinander. Während Kooistra die Blätter austeilte, fühlte ich die Tränen in meinen Augen brennen. Eine fettes Ungenügend in Englisch war so ziemlich das Letzte, was ich jetzt noch gebrauchen konnte. Laut schniefend verbarg ich mein Ge-

sicht in meinem Taschentuch. Hoffentlich dachten alle, dass ich erkältet bin.

»Was ist denn?«, fragte Puck neben mir. Sie schien nicht auf meine vorgetäuschte Erkältung hereinzufallen.

»Streit mit Noah«, flüsterte ich. »Wir ignorieren uns schon seit Montag. Ich war tierisch fies zu ihm.« Das war nur die halbe Wahrheit, warum ich so labil war, aber das brauchte Puck nicht zu wissen. Ich würde ihr ganz sicher nichts von meinen Albträumen erzählen, denn dann würde sie – zu Recht – denken, dass ich verrückt geworden bin.

»Streit mit Noah? Schon seit Montag? Das ist nicht dein Ernst! Warum sagst du das jetzt erst? Ich bin doch deine Freundin?« Puck sah mich geschockt an, wodurch ich mich noch schlechter fühlte.

»Tut mir leid«, murmelte ich. »Ich habe wahrscheinlich gehofft, dass es von alleine wieder in Ordnung kommt. Ist es aber nicht. Ich würde es dir immer erzählen. Du bist meine beste Freundin, das weißt du doch.« Ich putzte mir geräuschvoll die Nase und versuchte, meine Tränen wegzublinzeln.

Puck schwieg einen Moment und sagte dann leise: »Okay. Ist egal. Ich bin froh, dass ich es jetzt weiß. Du brauchst nicht zu weinen.« Sie legte mir eine Hand auf den Arm und sagte dann resolut: »Dies ist ein Notfall. Wir gehen heute Abend was trinken. Du darfst nicht alleine zu Hause hocken. Ich bin mir sicher, dass Nora und Julia der gleichen Meinung sind.«

Eine Welle der Zuneigung überrollte mich, als ich Puck anschaute, die sich so für mich ins Zeug legte. Liebe Puck, die schon vom ersten Tag an der neuen Schule meine Freun-

din war. Und auf einmal waren sie da: die Tränen. Ich wischte mir schnell mit dem Taschentuch über die Wange.

»Danke«, schniefte ich.

Wir wurden von Kooistra unterbrochen, der zwei leere Blätter Papier auf unseren Tisch legte und unfreundlich sagte: »Können die Damen jetzt endlich mal den Mund halten? Sonst könnt ihr eure Sachen packen und gehen.«

Ich habe eine Stunde lang auf die Aufgaben gestarrt. Woher sollte ich wissen, wie die englische Übersetzung von »Kontoauszug« oder »Lesezeichen« lautet. Und Kooistra hat so oft in unsere Richtung geschaut, dass ich mich nicht traute, bei Puck abzugucken.

Zum Glück war meine Mutter nachmittags nicht zu Hause. Und konnte daher auch nicht fragen, wie mein Schultag gewesen war. Wahrscheinlich würde sie einen Herzinfarkt bekommen, wenn sie von meinem Ungenügend in Englisch wüsste. Und das kann ich heute wirklich nicht gebrauchen.

Ich bin heute Abend um zehn Uhr mit Puck, Nora und Julia verabredet. Ich habe noch gut sechs Stunden Zeit, meine gigantischen Augenringe zu überschminken und etwas Schickes aus dem Schrank zu ziehen. Das muss klappen. Hoffe ich.

Samstag, 2. September, 03:40 Uhr

Ich bin ein bisschen betrunken. Und mir ist schlecht. Aber das ist mir egal. Es war ein superschöner Abend. Muss schnell aufschreiben, worüber wir so gesprochen haben.

Habe morgen wahrscheinlich alles vergessen. Mmm, schwierig, die Hand gerade zu halten, die Buchstaben bewegen sich, eigentlich ziemlich witzig.

Wir waren im Tanzen bei Janzen *gelandet. Eigentlich wollten wir zum* Rembrandplein, *aber es regnete und das* Tanzen bei Janzen *war näher. Es war noch schön ruhig und wir konnten an der Bar sitzen. Pucks, Noras und Julias Bemühungen, mich aufzuheitern, waren großartig. Sie bestellten mir einen Cocktail nach dem anderen und hörten aufmerksam zu, was ich über Noah erzählte.*

Julia fand, dass ich dem Ganzen ein Ende bereiten müsste. Und dass ich Noah lieber sagen sollte, dass ich nicht mehr in ihn verliebt bin. Denn sonst würde ich daran kaputtgehen usw. usw.

»Du musst dich am Wochenende mit ihm verabreden«, schrie Nora (die Musik war ziemlich laut). »Je schneller du Schluss machst, desto besser. Noah benimmt sich echt wie das Letzte. Was gibt ihm das Recht, dich so zu ignorieren?«

Auf einmal begann Puck zu murren. Sie hatte den ganzen Abend ruhig zugehört, aber jetzt schien sie überhaupt nicht Noras Meinung zu sein. Zumindest erklärte ich mir so ihre Antwort und ihre roten Wangen.

»Ich glaube, Noah hat das Gespräch verletzt und er ist darum so distanziert.« Sie zupfte an einem Bierdeckel herum und legte die Fetzen auf die Bar. »Er ist immer superlieb zu Karolin gewesen. Ich finde die ganze Situation für ihn auch ziemlich traurig.«

»Puck! Du hast sie wohl nicht mehr alle!«, rief Nora. »Du stehst auf der falschen Seite. Karolin sollte ihn einfach

fallen lassen. Kommt, wir trinken noch einen.« Sie zeigte dem Jungen hinter der Theke an, dass er noch etwas zu trinken bringen sollte.

Wir prosteten uns mit »Alle Männer sind nutzlos« zu.

Dann wurde ganz zufällig das Lied I Will Survive *von der Hermes House Band gespielt. Wir rannten johlend auf die Tanzfläche und sangen lauthals mit. Den Rest des Abends haben wir ohne Pause durchgetanzt. Es war so schön, mal an nichts zu denken.*

Ich werde am Wochenende all meinen Mut zusammennehmen und Noah anrufen. Mir dreht sich der Magen um bei der Vorstellung. Oder liegt das an den vielen Cocktails, die ich getrunken habe? Hmmm. Na ja, wie auch immer. Ich werde jetzt noch ein paar Glas Wasser trinken und dann schlafen. Hoffentlich bleibt der blöde Traum weg.

Sonntag, 3. September

Ziemlich feige, aber ich habe Noah vor einer halben Stunde diese Mail geschickt.

Wir müssen reden. Das geht nicht länger so weiter. Donnerstag um 20:00 Uhr bei mir? Karolin

Ich habe mich nicht getraut, ihn anzurufen, schlimm, oder? Es nimmt mich ganz schön mit, dass wir uns erst Donnerstag sehen, aber früher geht es wirklich nicht, denn ich muss morgen, übermorgen und Mittwoch im Tresen *arbeiten. Ob er … oh Gott, gerade kommt eine Mail von Noah!*

Da bin ich wieder. Hab die Mail gelesen. Bestand aus diesen vier Wörtern:

Ist gut. Bis Donnerstag.

Schön unpersönlich. Aber was hatte ich denn auch nach meiner Mail erwartet? Mein Mut sinkt auf einmal bis in den Keller. Tue ich wirklich das Richtige? Mann, Karolin, hör auf zu zweifeln. Noah und du, ihr seid ab Donnerstag Vergangenheit.

Mittwoch, 25. Oktober

Um halb acht Uhr morgens werde ich von meinem Radiowecker geweckt. Cooler Song. Ich schalte das Radio aus und bleibe noch einen Moment im Bett liegen. Sofort muss ich an das denken, was ich gestern in Karolins Tagebuch gelesen habe. Sie hatte wieder diesen seltsamen Traum gehabt. Karolin hatte sich in den letzten Wochen vor ihrem Tod ganz offensichtlich nicht wohl in ihrer Haut gefühlt. Und sie wollte mit Noah Schluss machen! Das hat Noah wahrscheinlich gar nicht gefallen. Vielleicht macht ihn das immer noch fertig. Aber konnte das eine Erklärung für das Aufblitzen der Angst sein, das ich gestern in Noahs Augen gesehen habe? Ich weiß es nicht. Trotzdem bin ich immer fester davon überzeugt, dass Noah etwas über Karolins Unfall verschweigt.

Ich stehe auf und gehe mit nackten Füßen und im Bademantel durchs Haus. Ich finde die Vorstellung, dass mein Vater hier auch gewohnt hat, bis ich drei war, immer noch verrückt. Ich kann mich überhaupt nicht daran erinnern. Als ich ungefähr zehn war, habe ich sogar eine Weile gedacht, dass ich adoptiert wäre. Irgendwie fand ich das leichter zu akzeptieren. Warum ließ mein Vater sonst nichts mehr von sich hören?

Meine Mutter hat tagelang auf mich eingeredet, dass ich falschlag. Ich glaubte ihr nicht. Schließlich kam sie mit diesem einen Foto von meinem Vater an. Für mich war es schrecklich, einen Beweis dafür zu sehen, dass es ihn wirklich gab. Ich verstand das nicht. Warum um alles in der Welt hatte mein Vater mich überhaupt bekommen, wenn er mich nie mehr wiedersehen wollte? Vielleicht war ich ja ein Unfall. Meine Mutter behauptete allerdings, dass dem nicht so war.

»Wir waren wahnsinnig glücklich, als ich schwanger wurde. Und noch glücklicher waren wir, als du geboren wurdest. Du warst wirklich unser kleines Wunder. Du darfst nie wieder denken, dass du nicht erwünscht warst. Dein Vater ist aus ganz anderen Gründen von uns weggegangen.« Ich sah an dem schmerzhaften Blick in ihren Augen, dass sie darüber nicht mit mir reden wollte.

Die Küche ist leer. Meine Mutter ist schon bei der Arbeit. Sie hat mir an der Spüle eine Nachricht hinterlassen. Sie kommt heute Abend spät nach Hause. Und im Kühlschrank steht Lasagne, die ich mir warm machen kann. Ich setze mich an den Küchentisch. Ich bekomme Noah einfach nicht aus meinem Kopf. Wenn er wirklich etwas über Karolins

Tod verschweigt, dann ist das sehr schlimm. Und dann kann ich das nicht einfach ignorieren. Vielleicht war es Schicksal, dass ich ihm gestern in der Schule begegnet bin.

Ich starre auf meine Hände. Abgekaute Nägel, Schorf, den ich abgekratzt habe, bis es geblutet hat: Ich muss mehr über Noah in Erfahrung bringen, wenn ich von meiner Grübelei erlöst werden möchte. Ich muss etwas unternehmen. Ich fasse spontan den Entschluss, nicht zur Schule zu gehen.

»Vossius-Gymnasium-Amsterdam, Kees Boersma«, meldet sich die Schule ein paar Minuten später am Telefon.

»Äh … hier ist Eva Nieboer«, versuche ich so jämmerlich wie möglich zu sagen. »Ich habe Grippe. Ich kann heute leider nicht zur Schule kommen.«

»Wie bedauerlich«, lautet die Antwort, »aber ich würde gern deine Eltern sprechen.«

»Ich, äh … wohne bei meiner Mutter«, stottere ich. »Sie ist schon bei der Arbeit, verstehen Sie.« Auf einmal kommt mir eine Idee. »Sie hat eine wichtige Besprechung. Ich kann sie erst am späten Nachmittag erreichen. Soll ich sie dann bitten, in der Schule anzurufen?« Ich lasse meinen Satz mit einem heftigen Hustenanfall enden.

Die Antwort lautet wie erhofft. »Nach drei bin ich nicht mehr in der Schule. Lass es dieses eine Mal gut sein. Aber wenn du morgen noch krank bist, muss deine Mutter anrufen. Gute Besserung.«

Auf der Schulwebsite suche ich Noahs Stundenplan heraus. Meine leichteste Übung. Seine Klasse hat heute bis 12:35 Uhr Unterricht, lese ich auf dem Bildschirm. Bis hierher klappt alles prima. Ich habe mehr als genug Zeit für meinen Plan. Aber ich muss erst mal herausfinden, wo er wohnt. Was weiß ich von Noah? Seinen Nachnamen, Berendschot, und dass er irgendwo in Amsterdam wohnt. Ich tippe diese Angaben in der Online-Teleauskunft ein. Drei Berendschots werden ausgeworfen. Einer davon fällt sofort raus, weil es ein Anwaltsbüro ist. Die zwei übrigen Adressen bieten wenig Anknüpfungspunkte: Eine Familie Berendschot wohnt an der Keizersgracht, die andere an der Koningslaan.

Ich hole mein Handy und rufe die Nummer an der Keizersgracht an. Eigentlich bin ich über mich selbst erstaunt, dass ich mich das traue. Was soll ich bloß sagen, wenn jemand drangeht? Und vielleicht können sie meine Nummer sehen. Ich werde immer nervöser. Zum Glück springt im selben Moment der Anrufbeantworter an: »Hallo, Oliver, Saskia, Philip und Noralie sind nicht zu Hause. Wenn Sie nach dem Pieps eine Nachricht hinterlassen, rufen wir Sie baldmöglichst zurück.«

Bevor der Piepton ertönt, lege ich auf. Oliver, Saskia, Philip und Noralie, aber kein Noah. Er wohnt also nicht dort, sondern in der Koningslaan. Oder seine Eltern haben eine Geheimnummer, aber das kann ich mir nicht vorstellen. Ich mache einen Doppelklick auf den Link bei der Adresse, der zu weiteren Informationen führt. Eine Karte von Amsterdam öffnet sich auf dem Monitor. Ich sehe, dass die Koningslaan am Vondelpark liegt. Da komme ich selten hin: Es ist eine der nobelsten Gegenden von Amsterdam.

Ich stelle den Computer aus, dusche schnell, ziehe eine schlichte Jeans, einen Pulli und meine Turnschuhe an. Bis zu Noahs Haus dauert es geschätzt eine gute Viertelstunde mit dem Fahrrad. In der Küche esse ich im Stehen ein Marmeladenbrot, das ich mit ein paar Schlucken Orangensaft aus der Flasche runterspüle. Warum ich es so eilig habe, weiß ich nicht. Aber ich habe das seltsame Gefühl, dass keine Zeit zu verlieren ist. Ich reiße meine Jacke von der Garderobe, steige aufs Fahrrad und fahre los.

Es ist kalt und windig. Um gegen den Wind vorwärtszukommen, muss ich heftig in die Pedalen treten. Das erste Stück ist auch Teil meines Schulwegs. Wie oft bin ich diesen Weg schon gefahren? Unzählbar oft und fast immer allein. Karolin wurde meistens von Puck abgeholt, und ich habe mich nie getraut zu fragen, ob ich mitfahren darf. Karolin und ich sind nur ein paarmal zusammen zur Schule gefahren. Zum Beispiel an dem Tag, an dem ich vierzehn wurde.

Ich wollte eigentlich an meinem Geburtstag nichts machen, aber meine Mutter war der Meinung, dass ich feiern sollte. Sie hatte sogar schon dafür eingekauft: Chipstüten, eine Kiste Limo und eine große Sahnetorte. Ich traute mich nicht, Nein zu sagen, denn das fand ich ziemlich undankbar. Meine Mutter hatte sich schließlich große Mühe gegeben. Aber wen außer Hanna und Marjolein sollte ich um Himmels willen einladen? Die Wahrheit war, dass ich niemanden kannte, den ich sonst noch fragen konnte. Das heißt, eigentlich gab es schon jemanden, den ich wahnsinnig gerne zu meiner Feier eingeladen hätte, aber mit dem sprach ich so gut wie gar nicht mehr: Karolin.

Auf einmal kam mir ein Gedanke. Mein Zimmerfenster ging zur Straße raus, und ich stellte mich, gut versteckt, hinter die Gardine. Es dauerte eine gefühlte Ewigkeit, aber als Karolin dann endlich auftauchte, lief ich die Treppe runter nach draußen.

»Hi«, sagte ich. »Alles okay?«

Sie schloss ihr Fahrrad auf und sagte lächelnd: »Hallo, Eva, was für ein Zufall. Fährst du jetzt auch zur Schule?«

Ich nickte. »Wollen wir zusammen fahren?«, fragte ich so lässig wie möglich. »Oder wartest du noch auf Puck?«

Puck war beim Zahnarzt und so fuhren wir tatsächlich zusammen zur Schule. Wir redeten über alles Mögliche. Karolin lachte und legte mir die Hand auf den Arm. Es fühlte sich fast so vertraut an wie früher. Ich hoffte, dass wir uns von jetzt an wieder öfter sehen würden.

»Weißt du was?«, sagte ich mit neuem Selbstvertrauen. »Ich habe heute Geburtstag.«

Karolin sah mich richtig bestürzt an. »Oh, wie peinlich. Ich habe deinen Geburtstag komplett vergessen. Wie blöd. Aber ich hatte tierischen Stress mit der Schule.« Sie kniff mir sanft in den Arm. »Herzlichen Glückwunsch.«

»Macht doch nichts«, sagte ich und meinte es auch so. Was jetzt kam, war viel wichtiger für mich. »Ich feiere heute Abend. Nichts Besonderes, nur ein paar gute Freundinnen. Möchtest du auch kommen?«

Sie wandte den Blick ab, woraus ich sofort die Antwort ablesen konnte: Nein.

»Wie schade«, sagte Karolin. »Aber ich kann heute Abend nicht. Ich gehe mit Pucks Eltern ins Theater. Das kann ich echt nicht absagen. Sonst wäre ich wirklich gern gekommen.«

Ich sah das Lächeln in ihrem Gesicht und spürte die Tränen in meinen Augen brennen. Ich war tief verletzt. Karolin hätte nicht deutlicher sein können: Puck hatte definitiv meinen Platz eingenommen.

Es erstaunt mich, dass ich auf einmal daran denken muss. Ich hatte diese Erinnerung eigentlich schon lange gelöscht, aber mein Kopf kommt mir seit Karolins Tod wie ein durcheinandergewirbeltes Fotoalbum vor: Aus allen Ecken und Enden kommen auf einmal Erinnerungen zum Vorschein.

Ich fahre in die Koningslaan. Gegenüber von Noahs Haus schließe ich mein Fahrrad an einem Laternenpfahl an. Mein Blick wandert die hohen Fenster hinauf, zu dem weiß verputzten Giebel und der ordentlich geschnittenen Hecke im Vorgarten. Am Ende der Auffahrt liegt der Vondelpark. Ich überquere die Straße. Mein Herz klopft wie verrückt, als ich durch ein Fenster spähe. Das Haus wirkt dunkel und verlassen. Suchend blicke ich mich um. Was soll ich jetzt tun? Am liebsten würde ich in Noahs Zimmer rumschnüffeln, aber wie um alles in der Welt soll ich das hinkriegen?

Ohne groß nachzudenken, klingele ich. Mir bricht der Schweiß aus. Mein Gott, am Ende macht noch jemand auf! Der Flur bleibt dunkel. Es scheint niemand zu Hause zu sein. Mein Herz setzt ein paar Schläge aus, als sich die Tür auf einmal öffnet.

»Si?« Eine etwas ältere Frau mit kurzem dunklem Haar steht auf der Schwelle. Sie hält einen Besen in der Hand und mustert mich misstrauisch.

»Äh ... ich gehe mit Noah zusammen in die Schule«, stottere ich. »Ich ... ich will ein Buch holen. Noah weiß davon.« Meine Wangen glühen, und ich bin mir sicher, dass ich lauter rote Flecken im Gesicht habe. Ich bin für derartige Missionen nicht geeignet.

Sie schüttelt verärgert den Kopf. »Ich nicht verstehen. Du Spanisch sprechen?«

Ich sehe sie hilflos an. Mein Spanisch ist entsetzlich schlecht. Das wird nie was. »Noah ist ein Freund aus der Schule, äh ... amigo escuela«, versuche ich. Mit Gesten bilde ich ein Buch nach. »Libro. Comprender?« Die Frau sieht mich uninteressiert an. »No.«

»Darf ich reinkommen?«, frage ich und zeige in den Flur. »Por favor. Yo amiga Noah.«

»Ah!« Auf einmal kräuselt sich ein Lächeln auf dem Gesicht der Frau. Sie rattert ein paar Sätze in schnellem Spanisch herunter. Ich habe keine Ahnung, was sie sagt, aber ich nicke freundlich. Sie geht einen Schritt zur Seite und hält mir die Tür auf. Ich betrete den Flur. Die Frau zeigt zur Treppe und sagt, wenn ich es richtig verstehe, dass Noahs Zimmer oben ist. Dann fängt sie wieder an zu putzen.

Ich finde Noahs Zimmer im zweiten Stock. An seiner Tür hängt ein Basketballkorb, darunter klebt ein Satellitenfoto von Google Earth. Ich erkenne den Vondelpark und das Haus.

Ich klopfe an und rufe seinen Namen. Keine Antwort. Natürlich nicht, denn Noah ist in der Schule. Aber trotzdem habe ich feuchte Hände, als ich die Türklinke runterdrücke. Die Tür öffnet sich quietschend.

»Hallo? Noah?«, rufe ich zur Sicherheit noch mal. Ich habe nicht die leiseste Ahnung, was ich sagen sollte, wenn er auf einmal antworten würde.

Es bleibt still und ich trete ein. Ich stehe in einem stinknormalen Jungenzimmer. An der Wand hängen Fußballposter und ein paar vergilbte Bierdeckel. Auf dem Regal über seinem Bett steht eine große Sammlung Coladosen. Ansonsten sehe ich noch einen Fernseher, einen Schreibtisch, ein paar Bücher und an die Wand gelehnt einen Tennisschläger.

Was habe ich denn erwartet? Fotos von Karolin, die mit roter Farbe beschmiert sind? Seltsame Graffiti an der Wand? Kettensägen und Messer unter dem Bett? Ich seufze und gehe zum Schreibtisch. Dort herrscht ziemliches Chaos. Zettel, Stifte, verknittertes Bonbonpapier und CDs liegen auf der Schreibtischunterlage verstreut. Ich frage mich, wie Noah hier seine Hausaufgaben machen kann.

Unter einem aufgeschlagenen Englischwörterbuch sehe ich auf einmal einen Schülerkalender liegen. Ob er den vergessen hat mitzunehmen? Ich kann genauso gut kurz reingucken, denke ich und ziehe den Kalender unter dem Wörterbuch hervor. Es ist ein South-Park-Kalender und auf dem Cover steht: *Screw School!* Auf der ersten Seite lese ich Noahs Name. Bingo! Ich blättere weiter. Ein paar Termine sind eingetragen.

Zahnarzt, Projektabgabe, Tennistraining, das ist alles nicht interessant. Ich blättere zum September, ein paar Wochen vor Karolins Tod. Am Donnerstag, den 7. September ist ein Termin mit Textmarker unterstrichen: 20 Uhr bei Karolin. Es ist eigenartig, die Verabredung, von der ich gestern in Karolins Tagebuch gelesen habe, in Noahs Kalender wiederzufinden. An dem Tag hat sie wahrscheinlich Schluss gemacht. Ich blättere weiter. Nach dem 7. September steht eine Woche lang nichts in seinem Kalender, als ob Noah eine Weile von der Bildfläche verschwunden gewesen wäre. Ab Mitte September gibt es wieder Termine und Eintragungen. Und mir begegnet auf einmal auffallend oft die Abkürzung PP. Manchmal mit dem Zusatz: anrufen. Oder: treffen. Wer mag PP sein? Ich habe nicht die leiseste Ahnung. Aber die- oder derjenige ist auf jeden Fall erst nach dem 7. September für Noah wichtig geworden.

»Was zum Teufel tust du hier?«

Ich erschrecke so über den unerwarteten Klang von Noahs Stimme, dass ich wie erstarrt stehen bleibe.

»Oh Gott«, murmele ich und wäre am liebsten im Boden versunken.

Mit wenigen Schritten steht Noah vor mir. Er packt mich grob am Arm.

»Was tust du hier, du blöde Kuh? Eva, oder? Verdammt, wenn bei mir nicht eine Stunde ausgefallen wäre, hätte ich dich nie hier erwischt.«

Ich sehe ihm ins Gesicht, das rot angelaufen ist. Ich kriege kein Wort heraus, solche Angst habe ich.

»Also, rede, was treibst du in meinem Zimmer? Du traust dich ganz schön was, hier einfach einzubrechen.«

Das sieht nicht gut aus. Alles andere als gut. »Ich, äh … war zufällig in der Nähe und wollte dich etwas fragen«, erfinde ich. Meine Stimme klingt hoch und schrill.

Wütend kneift mir Noah in den Arm. »Du lügst. Was ist los mit dir? Ich rufe die Polizei.«

»Nein«, piepse ich ängstlich. »Lass das. Es ist bescheuert von mir, hier zu sein. Aber ich fand, dass du gestern so seltsam reagiert hast, als wir über Karolin geredet haben. Also dachte ich …« Ich wende mich ab.

»Was?«, ruft Noah. »Du hast sie wohl nicht mehr alle! Heimlich mein Zimmer durchsuchen und mich dann auch noch beschuldigen, dass ... Ja, was eigentlich? Du gehörst echt eingesperrt!«

Er lässt meinen Arm los und schlägt mit der flachen Hand auf den Schreibtisch. »Du bist auf der völlig falschen Fährte, Sherlock Holmes. Willst du wissen, warum ich gestern keine Lust auf einen netten Plausch über Karolin hatte?«

»Weil du sie vermisst?«, sage ich so mutig wie möglich und versuche, meine Angst zu ignorieren.

»Ganz sicher nicht«, antwortet Noah barsch. »Sagt dir der Name Joost etwas?«

Ich schüttele den Kopf.

Noah holt tief Luft und schweigt für bestimmt eine halbe Minute. Als er weiterspricht, klingt er viel ruhiger. »Karolin war seit den Ferien nicht mehr sie selbst«, sagt er abwesend. »Sie schien sich immer mehr von mir zu entfernen. Ich konnte machen, was ich wollte, es nützte nichts. Die Distanz zwischen uns wurde immer größer. Und dann haben wir in der Schule Streit bekommen. Sie hat Dinge gesagt, die mir sehr wehtaten. Ich war schrecklich wütend auf sie. Und dann habe ich eine Mail gekriegt, dass sie mich sprechen wollte. Ich dachte, wir könnten noch mal über alles reden ... Dass wir das zusammen schaffen würden. Aber sie erzählte mir gut gelaunt, dass sie fremdgegangen war. Mit Joost, irgendeinem Studenten. Sie hat mich wie ein Stück Dreck weggeworfen. Mein Gott, sie hat mich wirklich wahnsinnig verletzt.« Noahs Gesicht kommt meinem sehr nahe. »Kapierst du das? Und kapierst du jetzt auch, dass ich nicht über Karolin reden will?«

Wieder ist da dieser Hauch von Angst in seinem Blick. Aber es kann auch Traurigkeit sein, das erkenne ich nun.

Er reibt sich mit den Fingerknöcheln über das Gesicht. »Als Karolin gestorben ist, hatte ich sie schon seit zwei Wochen nicht mehr gesprochen. Weißt du jetzt genug? Oder willst du noch mehr auf der Sache herumreiten?«

Ich starre zu Boden. »Entschuldigung«, sage ich heiser. »Es tut mir schrecklich leid ... das mit Joost wusste ich nicht ... ich hätte nicht herkommen dürfen.«

»Was um alles in der Welt hat Karolin an dir gefunden?«, sagt Noah abschätzig. »Ich kann mir nicht vorstellen, dass du ihre Freundin gewesen bist. Du bist echt die jämmerlichste Gestalt, der ich je begegnet bin.«

Die Tränen springen mir in die Augen.

»Verschwinde und heul draußen.« Noah packt mich an der Schulter und schiebt mich durch sein Zimmer. »Du hast Glück. Ich werde dich nicht anzeigen. Ich will keine Sekunde meiner Zeit mehr an dich verschwenden.«

An der Tür bleibt er stehen und zeigt auf mich. »Ich will dich hier nie wieder sehen. Lass mich in Ruhe. Sonst rufe ich doch noch die Polizei.«

Ich stehe auf dem Flur und Noah schlägt die Tür mit einem Schlag zu. Ich renne die Treppe hinunter zu meinem Fahrrad. Mir strömen die Tränen die Wangen herunter. Meine Hände zittern so sehr, dass ich das Fahrradschloss kaum aufkriege. Ich traue mich nicht, hochzuschauen. Denn ich spüre, dass Noah mich von seinem Zimmerfenster aus beobachtet.

Montag, 4. September

Die gute Nachricht zuerst: Der Traum ist noch nicht wieder zurückgekommen. Seit Donnerstag ist nichts Merkwürdiges passiert, während ich geschlafen habe. Gott sei Dank. Letzte Woche war ich so müde, ängstlich und verzweifelt. Vielleicht kamen die ganzen Albträume nur dadurch, dass ich übermüdet war. Ob das sein kann? Hm, na ja, was immer es auch gewesen ist, jetzt ist es auf jeden Fall vorbei. Heute Morgen war ich sogar halbwegs gut gelaunt. Leider schwand die gute Laune wieder, als ich mittags nach Hause kam und meine Mutter am Küchentisch fand.

Denn das ist jetzt die schlechte Nachricht: Papa hat nach Ansicht des Arztes Depressionen. Zumindest hat Mama mir das so gesagt, denn Papa will mit mir nicht darüber reden. Er hat sich in seinem Arbeitszimmer eingeschlossen. Der Arzt sagt, es sei eine Kombination aus einer schweren Form von Burn-out und unverarbeiteten Dingen aus der Vergangenheit. Meine Mutter meint, er hätte den Tod seines Vaters nie richtig verarbeitet und das Ganze würde jetzt wieder hochkommen. Und Papa beschäftigt wohl auch ein Autounfall, an dem er irgendwie beteiligt war. Es ist damals jemand zu Tode gekommen und das geistert Papa immer noch durch den Kopf, auch wenn es nicht seine Schuld war.

Mama hat mir all diese Dinge über Papa mit gespielter Betroffenheit und ziemlich wichtigtuerisch erzählt. Mir wurde heiß und kalt zugleich. Ich musste mir heftig auf die Lippe beißen, um nicht loszuheulen.

»Hör zu, Karolin«, sagte meine Mutter seufzend. »Ich weiß, wie sehr du deinen Vater magst. Und dass das für dich

alles sehr schwer ist. Aber zusammen schaffen wir das, glaub mir.« Sie zeigte ihr bekanntes Mona-Lisa-Lächeln. Gott, wie ich das hasse.

Mama blüht in Krisensituationen immer auf. Je größer der Kummer ist, desto selbstzufriedener wirkt sie. Gerade so, als würde sie die Rolle der sorgenden Mutter und Ehefrau genießen, bäh! Wenn ich sie so sehe, weiß ich immer, wie ich nie werden möchte. Immer nur über irgendwelche unwichtigen Dinge seufzen und klagen, mir das Leben schwer machen und dann auf einmal erwarten, dass ich mich bei ihr ausheule.

*Ich sprang von meinem Stuhl auf und rief: »*Wir *schaffen das? Wir? Du meckerst doch immer nur an Papa und an seiner Arbeit herum. Das alles ist deine Schuld!«*

Meine Mutter sah mich ein paar Sekunden lang an und sagte dann: »Karolin, bitte! Sei nicht so ungerecht!« Ihre Wangen wurden feuerrot. »Ich liebe deinen Vater sehr. Dass wir manchmal Streit haben, bedeutet nicht, dass ich für seine Depressionen verantwortlich bin!« Sie stand auf und kam auf mich zu. »Meine Süße, wir müssen uns gegenseitig unterstützen.« Aber bevor sie bei mir war, schrie ich: »Lass mich in Ruhe!« Ich drehte mich um und lief in mein Zimmer. Ich schlug die Tür hinter mir zu und fiel heulend aufs Bett.

Dieser Krach mit Mama ist jetzt drei Stunden her. Meine Wangen fühlen sich immer noch heiß an und brennen vor Tränen. Immer wenn ich an Papa denke, fürchte ich, dass mein Herz in tausend Stücke zerspringt und stirbt. Ich würde nichts lieber tun, als ihm helfen, aber ich weiß nicht, wie. Ich vermisse ihn. Es fühlt sich fast so an, als wäre er nicht mehr da. Um sieben Uhr fängt meine Schicht im Tresen *an. Bescheuert, arbeiten zu müssen, wenn die Welt um einen herum langsam einstürzt. Mein Vater ist depressiv, ich mache am Donnerstag mit Noah Schluss und ich habe meine Mutter angeschrien. Es fehlt nicht viel und ich breche unter meinen Problemen zusammen.*

Mittwoch, 6. September

Eigentlich will ich gar nichts schreiben. Es gibt keine Worte, um meine Stimmung richtig zu beschreiben. Aber es kommt mir auch nicht vernünftig vor, alles in mich reinzufressen. Ich könnte schreien. DER TRAUM *ist zurück. Heute Nacht. Bum, einfach so, gerade als ich dachte, ich hätte mir alles eingebildet. Mein Kopf ist ein wirres, pulsierendes, schmerzendes Chaos. Werde ich verrückt? Vielleicht geht es mir wie Papa. Wer weiß, vielleicht sind Depressionen und andere Geisteskrankheiten vererbbar. Die Wände in meinem Zimmer kommen auf mich zu. Ich muss hier weg. Ich werde ein bisschen spazieren gehen. Egal wohin. Hauptsache, ich bin in Bewegung und muss nicht nachdenken.*

Donnerstag, 7. September, 07:45 Uhr

So! Bin gerade nach Hause gekommen. Habe noch die gleichen Klamotten an wie gestern. Und ich rieche, ja, ich rieche nach Alkohol, Zigaretten und … Joost! Ob heute Morgen alle auf der Straße sofort wussten, was ich getan habe? Hm, das wäre schon ziemlich peinlich. Ich bin gerade ins Haus geschlichen. Ich kann in diesem Zustand unmöglich meinen Eltern unter die Augen treten; ich würde schon bei der Erinnerung an heute Nacht anfangen zu stottern und rot werden.

Aber ich fange lieber am Anfang an. Gestern Nachmittag bin ich spazieren gegangen. Das Einzige, was ich wollte, war Ruhe in meinem Kopf. Ich war müde, traurig, verzweifelt, ängstlich – Gott, was war ich nicht? Beim kleinsten bisschen brach ich in Tränen aus. Ich schlenderte durch die Stadt und bog ab und zu in eine Straße ein. Nachdem ich bestimmt eine Stunde gelaufen war, stand ich am Eingang zum Oosterpark. Mir taten die Füße weh und ich konnte nicht mehr. Ich setzte mich auf eine Bank und starrte vor mich hin.

»Schlechten Tag gehabt?«

Ich hatte nicht gemerkt, dass sich jemand neben mich auf die Bank gesetzt hatte. Ein Junge. Ich drehte den Kopf und sah ihn an. Erster Eindruck: ein kantiges Gesicht mit braunen Locken, blauen Augen und einem dunklen Schatten aus Bartstoppeln auf Kinn und Wangen. Zweiter Eindruck nach etwas längerem Hinsehen: In seinen Augen lag etwas Düsteres, was ihn noch anziehender machte.

»Ja«, antwortete ich.

»Ich auch«, sagte der Junge.

Dann saßen wir ein paar Minuten nebeneinander, ohne etwas zu sagen. Es fühlte sich nicht unangenehm an. Ich wollte nicht über meine Probleme reden, und er schien ebenso wenig das Bedürfnis zu haben, etwas zu erklären.

»Wohnst du hier in der Gegend?«, fragte er und ich verneinte.

»Mehr im Süden«, murmelte ich.

Er erzählte, dass er auch nicht hier wohne, und meinte, wie zufällig es doch war, dass wir uns heute ausgerechnet hier auf einer Bank im Oosterpark begegnet waren. Er lächelte und rückte etwas näher an mich heran.

»Ich bin Joost«, sagte er. »Wollen wir was trinken gehen?«

Ich glaube, dass ich normalerweise nie mit ihm mitgegangen wäre. Aber in diesem Moment war es mir ganz egal, was ich sonst eigentlich tue. Ich hatte keine Lust mehr, nachzudenken. Ich hatte Lust, alles zu vergessen.

»Gerne«, sagte ich. »Ich heiße übrigens Karolin.«

Wir gingen in eine kleine, altmodische Kneipe. Ich habe den Namen vergessen. Es war sehr ruhig dort, wahrscheinlich, weil es noch nicht mal fünf Uhr war. Ein paar alte Männer saßen an der Bar und aus dem Lautsprecher kam eine Schnulze. Wir setzten uns an einen Tisch in der Ecke.

Eine Frau nahm unsere Bestellung auf. Joost bestellte zwei Jenever Cola. Die Getränke wurden gebracht. Wir prosteten uns zu (auf den Zufall, dass wir uns getroffen hatten) und leerten die Gläser auf ex. Mir kamen die Tränen, so stark war das Zeug. Joost lächelte und bestellte noch zwei Gläser.

Er sah supersexy aus. Dann erzählte er, dass er Medizinstudent im dritten Semester sei. Er fragte, was ich studiere (Superkompliment! Offenbar sehe ich aus wie eine Studentin!). Ich erzählte, dass ich erst dabei sei, die Abschlussprüfung zu machen, aber das schien ihm nichts auszumachen. Er bestellte noch einmal zwei Jenever Cola. Dann erzählte er von seinen Abschlussprüfungen. Er war einmal durchge-

fallen. Joost hat garantiert noch mehr erzählt, aber das habe ich vergessen.

»Mehr Jenever Cola«, rief Joost. Zwei volle Gläser wurden gebracht. Unser Tisch bewegte sich. Oder konnte ich nicht mehr gerade sitzen? Trotzdem fühlte ich mich klasse. Ich konnte mir auf einmal gar nicht mehr vorstellen, dass ich den Tag beschissen gefunden hatte.

Er legte mir seine Hand auf den Oberschenkel. »Du bist etwas ganz Besonderes. Und hübsch. Es ist schade, dass wir uns nicht schon eher kennengelernt haben.«

Ich platzte auf einmal damit heraus, dass ich einen Freund habe. Aber dass ich Schluss machen wolle. »Es läuft schon eine Weile nicht mehr besonders gut zwischen uns.«

»Das ist okay«, sagte Joost. »Es macht mir nichts aus, ehrlich nicht.« Seine Hand wanderte langsam an meinem Bein nach oben. »Ich werde mal bezahlen.«

Als wir draußen waren, stammelte ich: »So, äh ... ich nehme die Straßenbahn. Sonst bin ich zu spät zu Hause. Wir sehen uns.«

Joost legte mir den Arm um die Schulter. »Soll ich dir mein Zimmer zeigen? Wir können ein Taxi nehmen, wenn du einverstanden bist?« Er führte seine Lippen an meinen Hals und gab mir kleine Küsse hinter das Ohr.

»Klingt gut«, stotterte ich, und zum Glück hielt Joost mich fest, denn meine Beine hatten sich in Kaugummi verwandelt.

Kurz darauf waren wir bei ihm zu Hause: einem großen Studentenwohnheim an der Keizersgracht. Joost wohnte dort mit fünf anderen Jungen zusammen, aber die waren alle nicht da.

In seinem Zimmer drückte er mich an sich. Sanft strich er mir über die Augenbrauen, die Wangen hinab zu meinem Mund. Dann legte er die Hände um mein Gesicht und küsste mich. Es war so zärtlich und romantisch!

Joost zog mir die Jacke aus, den Pulli, das T-Shirt; ein Kleidungsstück nach dem anderen fiel zu Boden, bis ich nur noch meine Unterwäsche anhatte. Ich war nicht nervös, ich fand es einfach nur spannend. Joost schlüpfte aus seinen eigenen Klamotten und stand auf einmal in Boxershorts vor mir. Seine Finger öffneten meinen BH und wanderten tiefer. Ich hielt seine Hand auf.

»Äh … Ich hab noch nie …«, murmelte ich.

Heiser flüsterte er: »Das ist okay. Ich werde ganz vorsichtig sein. Vertrau mir.« Er strich sich eine Haarsträhne aus den Augen und schob mich vorsichtig aufs Bett.

Ich traue mich nicht aufzuschreiben, was wir dann alles gemacht haben (allein die Vorstellung, meine Mutter würde heimlich mein Tagebuch lesen!), aber es war ge-wal-tig!! Kaum zu beschreiben. Als mein Kopf danach an seiner Schulter lag und ich fest von seinen Armen umschlungen war, musste ich ein bisschen weinen. Joost war so schrecklich lieb gewesen. Seit ich ihm auf der Bank begegnet war, schienen all meine Probleme so weit weg zu sein.

Er umarmte mich. »Bleibst du über Nacht?«

Ich wollte nichts lieber als das. Ich schickte meiner Mutter eine SMS, dass ich mit Puck Hausaufgaben machte und dass ich zum Essen und über Nacht bei ihr bliebe. Damit war Mama immer einverstanden. Dann sprach ich im Tresen *auf den Anrufbeantworter, dass ich krank sei und nicht zur Arbeit kommen könne. Witziger Zufall übrigens, Joost geht immer am Freitagnachmittag mit seinen Fußballkumpels im* Tresen *einen trinken. Ich hätte ihn also schon viel früher kennenlernen können! Schließlich gab ich Joost einen Kuss und dann machten wir alles (und mehr!), was wir vorher schon getan hatten, noch einmal.*

Das Verrückte ist, dass ich den ganzen Abend und die ganze Nacht nicht an Noah gedacht habe. Ich war in einer Art glückseligem Rausch. Aber jetzt kriege ich langsam Panik. Was soll ich heute Abend zu Noah sagen? Was für ein beschissenes Timing. Hätte ich nicht noch einen Abend warten können, bevor ich mit Joost etwas anfing? Ich fühle mich auf einmal hoffnungslos schuldig. Auf der anderen Seite: Macht das einen Unterschied? Ich hatte doch sowieso vor, mit Noah Schluss zu machen. Vielleicht muss man manchmal in derartigen Situationen egoistisch und selbstsüchtig sein. Seufz. Das ist leichter geschrieben als getan: Mir dreht sich der Magen um, wenn ich an heute Abend denke. Ich gehe jetzt schnell duschen und mich umziehen, sonst komme ich zu spät zur Schule.

Donnerstag, 7. September, 21:30 Uhr

Bitte, bitte, so was will ich nie mehr im Leben mitmachen! Es war dramatisch. Ich kann einfach nicht glauben, dass es so gelaufen ist.

Noah war etwas zu früh da, ungefähr fünf Minuten vor acht. Er kam in mein Zimmer und sagte: »Hi.«

»Hallo«, antwortete ich nervös. »Möchtest du was trinken?«

»Nein.« Noah kam auf mich zu und küsste mich auf die Wange. Einen Moment lang dachte ich, er wollte mich umarmen. Aber er setzte sich dann doch einfach auf meinen Schreibtischstuhl und sah mich abwartend an.

Ich setzte mich ihm gegenüber aufs Bett. »Wir müssen reden.«

»Das müssen wir ganz sicher.« Er trommelte mit den Fingern auf meinem Schreibtisch. »Ich bin froh, dass wir uns aussprechen können«, sagte er auf einmal leise. »Ich habe dich vermisst, Karolin. Du bedeutest mir so viel.«

Mein Magen ballte sich zu einer nervösen, festen Kugel. Warum sagte er das? Ich hatte gehofft, dass Noah immer noch sauer auf mich war. Das hätte alles viel leichter gemacht. Ich versuchte, all meinen Mut zusammenzunehmen.

Der Hals war mir wie zugeschnürt, als ich sagte: »Es geht so nicht länger weiter.«

Noahs Augenbrauen fuhren hoch. »Wie meinst du das?«

Ich starrte zu Boden. »Es geht zwischen uns nicht mehr länger so weiter. Vielleicht ist es besser, wenn wir uns nicht mehr so oft sehen.«

»Was? Nicht mehr so oft sehen? Das kapiere ich nicht. Himmel, Karolin, sieh mich an, wenn du so was zu mir sagst.«

Ich blickte hoch. Noahs Gesicht war bleich und starr.

Er wiederholte, dass er es nicht verstand. »Brauchst du mehr Freiheit? Ist es das?«, fragte er.

Ich schüttelte den Kopf. »Nein.« Jetzt muss es passieren, dachte ich, sag es! Ich holte tief Luft. »Ich bin nicht mehr in dich verliebt«, flüsterte ich.

Ein paar Sekunden lang geschah nichts. Noah starrte mich nur an. Ich hatte Angst, dass er mich nicht verstand. Oder dass er mich nicht richtig gehört hatte.

Aber dann fluchte Noah. Er verbarg den Kopf in den Händen.

»Es tut mir leid«, sagte ich, nur um etwas zu sagen.

Er hob den Kopf. Die Tränen rollten ihm übers Gesicht.

»Ich verstehe das nicht«, murmelte er.

Ich fühlte mich so schlecht. Und gemein. Noah sah unendlich traurig aus und das war allein meine Schuld.

Auf einmal fragte er: »Gibt es einen anderen?«

»Was?«

»Gibt es einen anderen, Karolin? Machst du deswegen Schluss?«

Ich starrte wieder zu Boden. Ich hörte, wie ein Stuhl weggeschoben wurde, Schritte, und dann stand Noah vor mir. Er zog mich hoch und packte sehr fest meine Arme. Das sah ihm überhaupt nicht ähnlich.

»Es gibt einen anderen«, zischte er. »Wie heißt er?«

Ich war so in Panik, dass ich kein Wort herausbrachte.

»Verdammt, sag mir, wie er heißt!«

»Joost«, stammelte ich und heulte los.

Noah griff noch heftiger zu. »Joost«, wiederholte er kühl. »Du bist also fremdgegangen.«

Dann wollte er wissen, was genau zwischen mir und Joost gelaufen war. Und wer Joost war. Diese Informationen sei ich ihm schuldig, sagte er. Und ich sollte ihn nicht anlügen, das würde er sowieso sofort merken.

Ich weiß nicht mehr, wie ich es Noah gesagt habe, aber als er alles wusste, explodierte er.

»Wie kannst du so etwas tun?«, schrie er. Er warf den Schreibtischstuhl um und riss mein Brad-Pitt-Poster von der Wand. »Warum? Was zum Teufel hast du getan? Du bist mit einem anderen Jungen ins Bett gegangen! Wolltest du mir damit noch einmal so richtig wehtun? Tja, das ist dir gelungen. Hättest du nicht vorher Schluss machen können?«

Ich wusste nicht, was ich antworten sollte. Schließlich begriff ich selber nicht, warum alles so gelaufen war. Ich weinte so heftig, dass ich Noah nur noch verschwommen sehen konnte.

»Hör doch auf mit deinem Gejammer. Ich will dich nie mehr wiedersehen.«

Er schlug meine Zimmertür hinter sich zu und lief die Treppe hinunter. Kurz darauf hörte ich, wie er die Haustür heftig zuschlug.

Ich bin ins Bett gekrochen und habe fast eine Stunde lang die Decke angestarrt. Noah und ich waren mehr als sieben Monate zusammen und jetzt ist es aus, einfach so. Das Einzige, was ich fühle, ist Erleichterung, dass es endlich vorbei ist und dass Noah weg ist. Ich komme mir vor, als wäre ich einen Marathon gelaufen und läge jetzt erschöpft am Boden, um wieder zu Kräften zu kommen.

Ich werde Puck anrufen. Wahrscheinlich hockt sie schon seit acht Uhr neben dem Telefon, um zu hören, wie es gelaufen ist. Und ich muss ihr natürlich auch von Joost erzählen.

Donnerstag, 26. Oktober

Ich bin todmüde. Als ich nach draußen komme und zu meinem Fahrrad gehe, atme ich tief ein. Mir dröhnt der Kopf, er fühlt sich schwer an. Heute Nacht habe ich wieder wenig geschlafen. Bis zwei Uhr habe ich in Karolins Tagebuch gelesen. Sie ist tatsächlich mit Joost fremdgegangen und das hatte ich nicht gewusst. Ich muss mir erneut klarmachen, wie wenig ich eigentlich von ihr wusste. Warum tut mir das nur immer wieder weh?

Ich habe meiner Mutter nichts über meinen Ausflug zu Noah erzählt. Als sie gestern von der Arbeit nach Hause kam, traf sie mich lustlos zappend mit einer Tüte Chips vor dem Fernseher an. Sie stellte den Fernseher aus und setzte sich neben mich.

»Die Schule hat mich angerufen«, sagte sie.

Mein Herz setzte aus. »Oh ja?«, sagte ich so unbeteiligt wie möglich. »Warum denn?«

Sie schwieg ein paar Sekunden. »Du hast dich krankgemeldet. Und das wollte man bei mir überprüfen. Ich habe gesagt, dass du Grippe hast.«

Ich wusste zunächst nicht, was ich antworten sollte, so erleichtert war ich, dass meine Mutter meiner Geschichte nicht widersprochen hatte.

»Warum hast du mich nicht angerufen?«, fragte sie. In ihrer Stimme schwang ein leicht vorwurfsvoller Ton mit.

Meine Wangen glühten. »Ich, äh ... wollte dich nicht bei der Arbeit stören. Und ich hatte solche Kopfschmerzen, dass ich mich gleich hingelegt habe«, sagte ich, während meine Wangen immer heißer wurden.

Sie stand auf. »Zum Glück scheint es dir jetzt wieder besser zu gehen. Ich mache mal Essen.« Aber ihr Blick sagte: Ich glaube kein Wort von deiner Geschichte, und du kannst froh sein, dass du so einfach davonkommst.

Ich fand es schrecklich, meine Mutter so anzulügen, aber ich konnte ihr unmöglich die Wahrheit sagen. Ich schäme mich immer noch zu Tode für meine Aktion. Allein der Gedanke, dass Noah doch die Polizei gerufen hätte! Dann hätte meine Mutter mich wahrscheinlich auf der Polizeiwache abholen müssen.

Ich knöpfe meine Jacke zu. Es nieselt und mein Fahrradsattel ist nass. Normalerweise finde ich den Herbst klasse. Ich liebe die roten und gelben Blätter, die die Straßen von Amsterdam fröhlicher machen, und den Wind, der die Stadt so ungestüm sauber bläst. Aber dieses Jahr erscheint mir alles so nass, düster und farblos.

Langsam fahre ich zur Schule. Ich muss wohl oder übel, denn wenn ich noch einen Tag zu Hause bleibe, kriege ich Probleme mit meiner Mutter. Ein Hauch feiner Regentropfen klebt mir im Gesicht. Mein Spiegelbild fährt in einer großen Pfütze ein Stück mit mir mit: ein molliges Mädchen mit einer unförmigen orangen Regenjacke und wegen der Nässe hochgekrempelten Hosenbeinen. Manchmal verstehe ich nicht, warum es mich eigentlich gibt, so unauffällig bin ich.

Ich sehe auf die Uhr. Ich habe noch fünf Minuten, bevor der Unterricht beginnt. Und bevor ich Noah begegnen werde. Ob er seinen Freunden von meinem Einbruch erzählt hat? Ich wünschte, ich könnte die Zeit zurückdrehen und wäre nie zu Noah gegangen. Ich wünschte, ich könnte die

Zeit noch weiter zurückdrehen und Karolin wäre nie mit ihrem Traum zu mir gekommen. Ich wünschte, ich könnte mit der Grübelei aufhören und damit, mir selbst die Schuld an allem zu geben. Ich wünschte, alles wäre wieder normal.

Ich gehe mit Hanna und Marjolein in die Cafeteria. Wir haben gerade eine Stunde Niederländisch hinter uns und es ist Pause. Hanna und Marjolein reden über ein Referat, das sie halten müssen, aber sie beziehen mich nicht wirklich in ihr Gespräch mit ein. Wenn ich versuche, etwas zu sagen, ignorieren sie mich. So geht das schon den ganzen Vormittag. Ich weiß, dass sie sauer auf mich sind. Schließlich bin ich vorgestern einfach so abgehauen, ohne eine vernünftige Erklärung dafür abzugeben.

In der Cafeteria holen Hanna und Marjolein Kaffee. Ich bleibe unsicher stehen. Sie kommen zurück und haben auch einen Kaffee für mich dabei.

»Bitte«, sagt Hanna. »Mit viel Milch und zweimal Zucker.«

»Danke.«

»Schon gut«, murmelt Hanna. Sie schiebt ihre Brille die Nase hoch und sieht mich lange an. Marjolein beißt in einen Keks und starrt an die Decke. Ich fühle mich ausgesprochen unwohl.

»Es tut mir leid wegen Dienstag«, sage ich schließlich.

Hanna nickt. »Das war nicht nett von dir, Eva. Wir hatten …«

»Es war einfach eine Scheißaktion«, fällt Marjolein ihr ins Wort. »Wie kannst du uns einfach so sitzen lassen? Das geht echt gar nicht.« Ihre Stimme klingt viel härter als Hannas.

Hanna wirft Marjolein einen erschöpften Blick zu. »Jetzt lass mich doch bitte. So haben wir es besprochen.«

Sie haben zwei Tage lang über mich gesprochen, das wird mir aus dieser Bemerkung klar.

»Es tut mir wirklich leid«, sage ich lahm. »Ich wollte euch nicht wehtun.«

Es folgt eine lange Stille. Wahrscheinlich erwarten sie eine Erklärung von mir. Ich zupfe an einem Fussel an meiner schwarzen Strickjacke herum und betrachte meine abgekauten Fingernägel.

»Du warst gestern nicht in der Schule. Warst du krank? Und hast du uns deshalb am Dienstag im Stich gelassen?«

Ich sehe hoch. Hannas graue Augen starren mich ernst und müde an. »So was in der Art.«

»Was ist denn bloß los mit dir?« Hanna seufzt. »Du bist in letzter Zeit so komisch. Marjolein und ich machen uns Sorgen.«

»Es ist wegen Karolin«, sage ich leise und weiche Hannas Blick aus.

Marjolein zieht die Augenbrauen hoch. »Was? Karolin?«, ruft sie ein bisschen zu laut. »Du meinst das Mädchen, das dich vor fünf Jahren wie ein Stein fallen gelassen und sich danach nie mehr auch nur nach dir umgedreht hat? Und das jetzt tot ist?«

»Lass Eva selbst erzählen, was mit Karolin ist«, sagt Hanna sanft. Zu mir sagt sie zögernd: »Warum hast du mir das letztens nicht gesagt, als ich dich danach gefragt habe?« Ich höre an dem Zittern in ihrer Stimme, dass sie verletzt ist.

»Ich weiß es nicht. Entschuldige«, flüstere ich und beiße mir auf die Lippe. »Ich kriege Karolins Tod einfach nicht aus meinem Kopf. Ich … ich vermisse sie mehr, als ich gedacht hätte.« Ich öffne den Mund wieder und will Hanna und Marjolein auch von meinen Schuldgefühlen erzählen, von den Dingen, die ich in Karolins Tagebuch gelesen habe, und von meiner blöden Aktion von gestern. Es kommt kein Wort über meine Lippen. Ich stehe da mit geöffnetem Mund und erkenne, wie idiotisch das alles klingen würde. Ich beiße mir noch fester auf die Lippe und schmecke den rostigen Geschmack von Blut.

»Du vermisst sie? Wie das denn?« Auf Marjoleins Gesicht liegt ein fassungsloser, ungläubiger Ausdruck.

»Äh … ja, ich weiß, dass es sich komisch anhört, aber so ist es eben. Ich muss auf einmal sehr oft an früher denken. Wie es in der Grundschule war und so. Es kommen immer mehr Erinnerungen hoch.«

»Du musst an früher denken? Denkst du eigentlich auch noch manchmal an Hanna und mich? Vielleicht solltest du das mal machen. Irgendwie kriege ich das Gefühl, dass wir für dich nicht wichtig sind. Ist das so?«

Ich starre Marjolein erschrocken an, die mich mit knallroten Wangen und bösem Blick mustert. Offensichtlich bin ich an die Grenze unserer Freundschaft gestoßen. Ich will Hanna und Marjolein nicht verlieren. Dann habe ich niemanden mehr.

Ich wende mich Hanna zu. Ihre Augen sehen hinter ihren Brillengläsern traurig aus, aber sie schaut nicht böse.

»Es tut mir leid. Hanna? Marjolein? Es tut mir wirklich leid. Ihr seid mir sehr wichtig.«

Ich warte.

Stille. Hanna starrt auf ihre Hände und Marjolein blickt mich mit gerunzelter Stirn an.

Ich muss noch mehr sagen. »Das Letzte, was ich will, ist, euch wehzutun. Glaubt mir bitte.«

Es sieht aus, als wäre Hanna kurz davor zu sagen, dass sie mir nicht glaubt, aber dann nickt sie und nimmt meine Hand. »Okay. Aber es wäre schön, wenn du das in Zukunft etwas mehr zeigen würdest.«

Ich nicke.

In Hannas Augen glitzert etwas. »Ich verstehe schon, dass Karolins Tod dich sehr beschäftigt. Aber dann lass uns dir helfen. Lass uns nicht mehr außen vor.«

Marjolein zuckt nur mit den Schultern.

Dann klingelt es. Hanna drückt noch kurz meine Hand und wir gehen zu Chemie. Ich fühle mich ausgepumpt und von innen leer. Ich habe es auch nicht anders verdient.

Nach der Schule will ich sofort nach Hause, so müde bin ich. Ich wimmele Hannas Einladung zum Teetrinken ab und es scheint ihr nichts auszumachen. Wahrscheinlich haben wir uns für heute genug erzählt. Ich gehe zur Fahrradgarage, die fast verlassen ist. Ein paar Schüler rauchen unter dem Vordach eine Zigarette. Da sehe ich sie auf einmal! Noah und Puck! Sie stehen auf der linken Seite, vor der Garage, und reden miteinander. Plötzlich sehen sie mich an. Noah zeigt auf mich. Ich sehe, dass Puck die Augenbrauen hochzieht und sich gegen die Stirn tippt. Dann setzen sie ihr Gespräch wieder fort.

Ich wünschte, ich könnte weglaufen, aber das wäre zu

auffällig. Mein Fahrrad steht ganz links hinten. Ich muss an Noah und Puck vorbei, um hinzukommen. Ich hole tief Luft und gehe los. Mir zittern die Beine. Die Hände auch. Ich höre sie leise reden, mit gedämpfter Stimme. Als ich an ihnen vorbei will, versperrt mir Noah auf einmal den Weg, indem er sich breitbeinig mitten in den Gang stellt. Er baut sich vor mir auf, die Hände in die Taschen seiner Jeans gestopft.

Erschrocken mache ich einen Schritt zurück.

»Entschuldigung, kann ich bitte durch?«, murmele ich.

Noah sieht mich mit ausdruckslosem Gesicht an.

»Warum?«

»Äh ... mein Fahrrad steht dahinten.«

»Was du nicht sagst.«

Puck sagt nichts. Sie lehnt lässig gegen einen Fahrradsattel und sieht mich mit halb zusammengekniffenen Augen an. Sie trägt eine Jeansjacke, enge Jeans und hohe Stiefel bis unter die Knie. Ich muss auf einmal wieder an das erste Mal denken, dass ich Puck gesehen habe, damals fühlte ich mich auch so dick, langweilig und nichtssagend.

Noah macht einen Schritt in meine Richtung. »Bist du sicher, dass das dein Fahrrad ist?«

»Ja.« Ich räuspere mich nervös.

»Und wohin fährst du dann mit deinem Fahrrad?«

»Nach Hause.«

»Tatsächlich? Hattest du heute Nachmittag nicht vor, irgendwo einzubrechen?«

Für einen Moment bin ich nicht in der Lage zu antworten.

»Hat es dir vielleicht die Sprache verschlagen?«, fragt er.

Mir rauscht das Blut in den Ohren und mein Mund ist trocken. Jetzt muss ich eine Antwort geben.

»Darf ich bitte durch?« Meine Stimme ist kaum mehr als ein heiseres Flüstern.

»Wenn du außen rumläufst, kommst du auch zu deinem Fahrrad«, sagt Noah kühl. »Ich habe keine Lust, für dich zur Seite zu gehen.«

Puck stellt sich neben ihn. »Und ich auch nicht. Mit deinen dicken Beinen kannst du ruhig einen kleinen Umweg machen. Vielleicht nimmst du dabei gleich ein bisschen ab, dann wären doch gleich zwei Fliegen mit einer Klappe geschlagen, oder?«

Die Worte tun weh, aber sie sind das Letzte, was ich höre, denn ich laufe so schnell wie möglich weg. Die Tränen schießen mir sofort in die Augen und ich gebe mir keine Mühe, sie zu trocknen. Ich renne den Weg zurück zum Ausgang des Schulgeländes, den Fußweg an der Straße entlang, bis ich zur anderen Seite der Schule komme, wo der zweite Eingang zur Fahrradgarage ist.

Sonntag, 10. September, 13:00 Uhr

Oje, ich habe noch nichts von Joost gehört …! Unser letzter Kuss ist genau 3 Tage, 6 Stunden und 5 Minuten her. Ich warte die ganze Zeit auf einen Anruf von ihm. Aber nichts. Warum ruft er nicht an? Gefalle ich ihm nicht? Oder hätte ich nicht über Nacht bei ihm bleiben sollen? Vielleicht hat er mich einfach nur benutzt. Karolin, hör auf damit. Mit solchen Gedanken machst du dich selbst ganz verrückt. Irgendwie kann ich nur noch an Joost denken. Freitag habe ich Noah in der Schule gesehen. Er stand in der Halle und studierte das Schwarze Brett. Für einen Moment stand mein Herz still und ich dachte: Habe ich die falsche Entscheidung getroffen? Aber gleich darauf verschwand das Gefühl und Joost kam mir wieder in den Sinn. Ich bin schnell vorbeigegangen und habe Noah für den Rest des Tages nicht mehr gesehen. Zum Glück, denn …

Ups, gerade ist meine Mutter reingekommen. Sie wollte wissen, ob ich noch weiße Wäsche für die Waschmaschine hätte. Wie unwichtig. Mama hing eine Weile in meinem Zimmer rum und versuchte zu sehen, was auf dem Schreibtisch lag. Ich konnte gerade noch rechtzeitig ein Mathebuch auf mein Heft legen.

»Machst du Hausaufgaben?«, fragte sie.

Wie schafft sie es bloß, das Gespräch innerhalb von zehn Sekunden auf das Thema Schule zu bringen? Mama hat dafür ein sehr nervtötendes Talent.

»Ja«, log ich. »Und ich habe noch sehr viel zu tun. Würdest du bitte die Tür hinter dir zumachen?« Ich hatte keine Lust auf die Einmischerei meiner Mutter.

Sie kam zu mir und legte mir die Hand auf die Schulter. Ich befürchtete kurz, sie wollte mich umarmen, weil sie so einen eigenartigen Blick in den Augen hatte, aber dann drehte sie sich um und ging aus dem Zimmer. Sie wirkte etwas niedergeschlagen.

Mama und ich haben über unseren Streit von Montag nicht mehr geredet. Wenn wir uns begegnen (und das kommt ziemlich oft vor), tun wir so, als wäre nichts gewesen. Wir scheinen auf einmal Milliarden Kilometer voneinander entfernt zu sein. Papa befindet sich ebenfalls auf einem anderen Planeten. Er läuft mit bleichem Gesicht, dunklen Augenringen und gerunzelter Stirn durchs Haus. Ich traue mich nicht, ihn anzusprechen, weil ich Angst habe, dass er auf der Stelle losheult. Vielleicht habe ich sogar ein bisschen Angst vor Papa. Er hält mich manchmal einfach so aus dem Nichts fest und sieht mich mit irrem Blick an. Dann flüchte ich so schnell wie möglich in mein Zimmer. Die Stimmung im Haus ist echt zum Verrücktwerden. Wenn ich zu lange über Papa (und Mama) nachdenke, werde ich garantiert auch depressiv. Also versuche ich, nicht allzu oft an sie zu denken.

Aber ich habe nicht wegen dieser Probleme zu schreiben angefangen. Was soll ich wegen Joost unternehmen? Wir haben Donnerstag früh nichts verabredet, nur Telefonnummern ausgetauscht. Ich könnte ihn ja auch anrufen. Schwierig, er darf nicht den Eindruck gewinnen, dass ich es nicht mehr aushalte. Aber wenn ich ihn nicht anrufe, dann sehe ich ihn vielleicht nie mehr wieder! Ich kann ihn natürlich mit einer Ausrede anrufen. Das ist es! Ich tue so, als hätte ich am Donnerstag einen Ohrring bei ihm verloren.

So! Der Zettel, auf dem Joost mir seine Telefonnummer aufgeschrieben hat, liegt vor mir. Und ich habe die Nummer bereits in mein Handy getippt. Ich muss nur noch auf »Anrufen« drücken. Wish me luck!

Sonntag, 10. September, 13:45 Uhr

Hurra, hurra! Es lief großartig. Bin so froh, dass ich Joost angerufen habe. Er klang froh und überrascht.

»He«, sagte er gut gelaunt, als ich sagte, wer dran war. Er meinte, dass er am Wochenende versucht hätte, mich anzurufen. Yesssss! Yesss! Aber dass ich nicht drangegangen sei. Er hätte keine Nachricht auf meiner Mailbox hinterlassen, weil er das so unpersönlich fand.

Ich kann mich nicht an verpasste Anrufe erinnern, und das, wo ich doch ganz bestimmt das ganze Wochenende auf mein Handy gestarrt hatte. Aber das sagte ich lieber nicht. Dann meinte Joost, dass er sich irrsinnig freuen würde, mich wiederzusehen, und ob ich heute Nachmittag vielleicht gegen fünf Uhr Zeit hätte, etwas trinken zu gehen. Ich habe ganz ruhig geantwortet, dass ich kann, aber mein Herz ging bäng, bäng, bäng.

Ist das nicht gigantisch? Ich habe nachher eine Verabredung mit Joost! Ich habe den ganzen Nachmittag, um mir zu überlegen, was ich anziehen soll. Alles in meinem Schrank erscheint mir auf einmal so langweilig. Zu ordentlich, zu oft getragen, zu klein, zu ausgeleiert, zu farblos usw. usw. Ich werde Puck anrufen und um Rat fragen. Wer weiß, vielleicht kann sie mir ja was leihen.

Sonntag, 10. September, 22:45 Uhr

Kann nur noch lächeln, so gigantisch war es, Joost wiederzusehen. Er ist immer noch unglaublich anziehend. Als ich ihn das letzte Mal gesehen habe, hatte er noch so eine düstere Aura. Aber jetzt hatte er eine richtig erwachsene und selbstsichere Ausstrahlung. Ich hatte erst ziemliche Angst, dass ich nicht gut genug aussah, aber ich hatte mir umsonst Sorgen gemacht. Er fand mich großartig. Puck hatte mir auch ein total cooles Outfit aus ihrem Kleiderschrank zusammengestellt: eine enge weiße Hose, ihr silbernes Shirt, darüber eine Jeansjacke und hohe Stiefel.

Es war echt das perfekte Date. Joost hat die ganze Zeit mit mir geflirtet. Ab und zu legte er mir die Hand aufs Bein oder berührte mein Gesicht. Zwischen uns besteht eine körperliche Anziehungskraft und Spannung, die es zwischen mir und Noah nie gegeben hat. Er hat mir lauter lustige Geschichten aus der Uni und von seinen Freunden erzählt. Wir tranken Rosé und Joost war sehr lieb und interessiert und hat alles für mich bezahlt (welcher Junge macht das heutzutage noch?).

Als wir draußen standen, fragte er, ob ich mit ihm nach Hause gehen und über Nacht bei ihm bleiben würde. Ich hätte nichts lieber getan, aber meine Mutter hätte mir niemals geglaubt, dass ich schon wieder eine Nacht bei Puck bleibe. Er sah mich einen Moment enttäuscht an, als ich das sagte. Aber dann lächelte er zum Glück wieder. Wir gingen Hand in Hand zu meinem Fahrrad. Er berührte mein Gesicht und auf einmal waren Joost und ich allein auf der Welt und beugten uns langsam, sehr langsam zueinander. Und als unsere Gesichter dicht beieinander waren, küsste er mich voller Leidenschaft auf den Mund. Als ob ich seine Freundin wäre! Es war fantastisch, einfach fantastisch. Sein Mund war so lieb und warm und fühlte sich so vertraut und doch geheimnisvoll an. Er flüsterte mir ins Ohr, dass er mich großartig fände. Und dass er mich so schnell wie möglich anrufen würde, um sich wieder mit mir zu verabreden. Ich bin auf einer großen rosa Wolke nach Hause geschwebt.

Jetzt sitze ich schon seit einer Stunde vor dem offenen Fenster und sehe hinaus. Heute war ein warmer Tag, aber es kühlt sich schnell ab. Über mir leuchten unendlich viele Sterne. Zum ersten Mal seit Wochen fühle ich mich wieder ruhig. Und glücklich. Und im Gleichgewicht. Ob eine neue Phase in meinem Leben angebrochen ist? Ob alle Probleme, Grübeleien und unheimlichen Träume Vergangenheit sind? Schon das Fragezeichen ist falsch. Dies ist einfach ein Neuanfang! Das weiß ich genau.

Dienstag, 12. September, 11:30 Uhr

Es ist etwas Schreckliches geschehen. Mama und ich kommen gerade von der Polizei. Ich bin immer noch ganz benommen und so verstört, als ob mein ganzes Leben mit einem Schlag komplett aus den Fugen geraten wäre. Über meiner Augenbraue habe ich fünf Stiche und ein großes Pflaster. Mir dröhnt der Kopf, als wäre er unter einen Betonklotz geraten. Aber der Schmerz ist nicht das Schlimmste. Das Schlimmste ist, dass mir niemand glaubt.

Es begann alles heute Nacht. Ich träumte wieder von diesem Mann!!! Oh Gott, ich kriege immer noch Panik, wenn ich daran denke. Er stand neben meinem Bett, wie ein boshafter Schatten, so als wäre er nie weg gewesen. Trotz-

dem war mein Traum anders als in den anderen Nächten. Er hielt dieses Mal etwas in der Hand, einen länglichen Gegenstand, das schwöre ich! Ich wollte mich bewegen, flüchten, aber es ging nicht. Als ob meine Arme und Beine gelähmt wären. Ich konnte nichts tun, nur zusehen, wie der Mann immer näher kam. Er hob seinen Arm mit dem Ding in der Hand. Ich hörte einen Schlag und dann nahm dieser entsetzliche Schmerz von meinem linken Auge Besitz. Ich fühlte etwas Warmes mein Gesicht hinablaufen. Was danach geschah, weiß ich nicht. Ich kann mich nur noch daran erinnern, dass alles dunkel wurde. Vielleicht bin ich ohnmächtig geworden?

Morgens um sechs Uhr wurde ich wach. Mir klebten die Haare im Gesicht und mir war schlecht. Der Schmerz über meinem Auge war immer noch da. Ich strich mir mit dem Finger über die Augenbraue und fühlte etwas Klebriges. Ich konnte die Lampe an meinem Bett gar nicht schnell genug anmachen. Es war wirklich überall Blut. An meinen Fingern, auf meinem Kissen, auf dem Nachtkästchen und an der Wand. Ich hatte solche Angst, so schreckliche Angst. Wer weiß, vielleicht war der Mann noch irgendwo. Ich musste so schnell wie möglich raus aus meinem Zimmer.

Ich sprang aus dem Bett und stolperte in den Flur. Ich rief nach meiner Mutter, rief, dass sie kommen sollte, dass ich verletzt war. Niemand kam. Die Schmerzen in meinem Kopf wurden stärker. Ich sah plötzlich alles verschwommen und sackte an der Wand im Flur zusammen. Ich konnte nur noch eins denken: Gleich kommt der Mann zurück und ermordet mich, wenige Meter vom Schlafzimmer meiner Eltern entfernt. Ich hörte Schritte. Sie näherten sich hastig und ich musste schreien. Dann hockte auf einmal meine Mutter neben mir. Ich werde nie vergessen, wie sie mich angesehen hat. Sie war leichenblass und hatte einen so panischen Blick in den Augen, als würde ich auf der Stelle sterben.

Mama schlug die Hand vor den Mund. »Mein Gott, Mädchen«, flüsterte sie. »Was ist denn los? Was ist bloß passiert? Wie furchtbar, wie entsetzlich.« Sie stöhnte und eine Träne rollte ihre Wange hinunter.

Die Reaktion meiner Mutter verstärkte meine Panik noch. Ich versuchte zu antworten, den Mund zu bewegen und etwas zu sagen. Aber es kam nur ein heiseres Gekrächze heraus. Ich hatte auf einmal schrecklichen Durst.

»Trinken«, stammelte ich.

Mama legte mir den Arm um die Schulter und half mir hoch. Wir gingen zusammen ins Bad. Ich setzte mich auf den Badewannenrand. In meinem Kopf drehte sich alles.

Sie holte mir ein Glas Wasser. »Hier, nimm einen Schluck.«

Mamas Stirn hatte sich in eine tiefe Falte verwandelt.

Meine Zähne klapperten gegen das Glas.

Mama tupfte die Wunde vorsichtig mit einem nassen Waschlappen sauber. Ihre Augen waren feucht. Sie schüttelte den Kopf. »Was ist denn bloß passiert, meine Süße?«

»Da war ein Mann in meinem Zimmer.« Als ich das sagte, zitterte meine Stimme. »Er hat mich mit einem harten Gegenstand geschlagen. Ich habe solche Angst.«

»Nein!« Mama blieb der Mund offen stehen. »Ein Mann? Geschlagen? Mein Gott!«

Ich erzählte ihr alles, es ging nicht anders. Von dem Traum und den verrückten Dingen, die nachts geschahen. Und von heute Nacht.

Eine Sekunde lang wirkte das Gesicht meiner Mutter versteinert. Dann verzog sich ihr Mund nervös. »Ich verstehe das nicht«, sagte sie händeringend. »Du träumst schon seit Wochen von einem Mann? Und er hat dich heute Nacht überfallen? Wie kann das sein?«

»Ich weiß es nicht«, murmelte ich. »Irgendwie träume ich Dinge, die wirklich passieren.« Ich wünschte, mir wäre nicht so schwindelig und ich könnte klar denken.

Mama stand auf und sagte: »Ich sehe mal in deinem Zimmer nach. Willst du mitkommen?« Aber ich traute mich nicht.

Sie kam mit ernstem Gesicht aus meinem Zimmer zurück.

»Da ist niemand. Wir fahren ins Krankenhaus. Und dann zur Polizei.«

Ich nickte. »Wo ist Papa?«

»Er hat noch geschlafen. Ich habe ihn gerade erst geweckt.«

In diesem Moment kam mein Vater im Schlafanzug ins Badezimmer. Er wirkte erschrocken. Unter den Augen hatte er dunkle Ringe und seine Haare waren wirr. Er erinnerte mich an einen zerstreuten Professor.

»Oh Karolin, oh Karolin«, sagte er. »Armer Schatz. Wie konnte das bloß passieren?« Dann nahm er meinen Kopf zwischen die Hände und streichelte mir sanft übers Haar. »Ganz ruhig. Alles wird gut.«

Seine Stimme klang normal, und kurz dachte ich, dass mein alter Papa zurück wäre. Dieser Gedanke machte mich richtig froh. Aber als ich fragte, ob er ins Krankenhaus und zur Polizei mitkäme, erbleichte er.

Papa küsste mich auf die Stirn. »Es tut mir leid. Aber ich sollte lieber hierbleiben. Stell dir vor, der Mann kommt zurück. Dann wird er was erleben.«

Er lächelte, aber es sah nicht wirklich echt aus, und ich hatte Angst, dass er in Tränen ausbrechen würde. Er starrte zu Boden und auf einmal war ich seinetwegen ganz traurig.

Mama schloss einen Moment die Augen. »Komm, Karolin, gehen wir«, sagte sie leise.

Wir fuhren zur Ambulanz im Krankenhaus. Ein netter Arzt klammerte meine Platzwunde und sagte, dass ich eine Gehirnerschütterung hätte. Ich darf eine Woche lang nicht zur Schule. Dann sind wir zur Polizeiwache am Koninginneweg gefahren. An der Anmeldung saß eine junge Frau. Mama führte das Wort. Sie sagte, dass wir wegen Einbruch und Gewaltanwendung Anzeige erstatten wollten. Ich fand, dass das ziemlich heftig klang, aber die Frau schien davon nicht besonders beeindruckt zu sein. Sie warf nicht mal einen Blick auf meine Verletzung! Wir sollten warten, bis einer der diensthabenden Polizisten Zeit hatte. Wie konnte sie es wagen, murmelte Mama, uns nicht sofort zu helfen? Nach einer halben Stunde wurden wir endlich von einem etwas älteren Mann abgeholt. Er stellte sich vor als »Johannes Brand, Polizei Amsterdam-Amstelland. Es tut mir leid, dass Sie etwas warten mussten.«

Mama nickte, wirkte aber etwas nachsichtiger als vorher.

Er brachte uns in ein Büro. »Setzen Sie sich. Möchten Sie etwas trinken?«

Mama wollte Kaffee, ich bat um ein Glas Wasser und der Polizist verschwand. Erst eine Viertelstunde später (kaum zu glauben!) kam er mit drei Plastikbechern in der Hand zurück. Vielleicht muss man erst tot sein, damit die Polizei den Ernst der Lage erkennt? Mittlerweile waren meine Kopfschmerzen so schlimm geworden, dass ich Pünktchen vor den Augen sah.

Herr Brand setzte sich. »Dann erzählen Sie mal.«

Wieder ergriff Mama das Wort. Sein Gesichtsausdruck änderte sich nicht, nicht mal, als Mama von meinen Träumen und dem Mann in meinem Zimmer sprach.

Es blieb einen Moment still. »Ja, das ist nicht ohne«, sagte er schließlich. Seine Stimme klang allerdings nicht im Geringsten so, als ob er das auch so meinte. »Du musst dich ja furchtbar erschrocken haben.«

Ich nickte und versuchte, einen Schluck Wasser zu trinken, aber mir zitterten die Hände so sehr, dass der Plastikbecher zu Boden fiel. Mama hob ihn auf.

Ermittler Brand lehnte sich in seinem Stuhl zurück. »Du behauptest also, dass du von einem Mann aus deinem Traum überfallen worden bist.«

»Das behaupte ich nicht«, sagte ich. »Das war so.« War dieser Polizist blind? Der Beweis prangte verdammt deutlich auf meiner Stirn!

Er hob die Hände. »Natürlich, natürlich, entschuldige. Ich habe nur laut gedacht.« Brand seufzte, als ob er auf einmal unendlich müde wäre. »Ist es okay für dich, wenn ich einen Moment mit deiner Mutter allein rede?«

Ich blickte ihn verständnislos an. Er lächelte mir freundlich zu, als wäre ich vier Jahre alt. Aber ich war zu ausgebrannt und zu müde, um mich gegen seinen Vorschlag zu wehren.

»Äh … okay«, murmelte ich und ließ mich aus dem Zimmer schicken.

Als ich zehn Minuten später wieder hereinkommen durfte, wirkten meine Mutter und Polizeibeamter Brand auf einmal wie die besten Freunde. Ich sah Mama fragend an, aber sie wich meinem Blick aus und starrte zu Boden. Kein gutes Zeichen! Aber in diesem Moment ahnte ich trotzdem noch nicht, was nun kommen würde.

»Karolin«, begann Brand, »deine Mutter hat mich über die Probleme zu Hause, mit deinem Vater, in Kenntnis gesetzt.«

Junge, Junge, Mama hatte sich offensichtlich alles von der Seele geredet, während ich auf dem Gang gesessen hatte.

»Die Krankheit deines Vaters ist natürlich schlimm.« Er wählte seine Worte mit Bedacht. »Du hast in den letzten Wochen sehr viel mitgemacht. Ich kann mir gut vorstellen, dass du dadurch ziemlich durch den Wind bist.«

»Äh … ja.« Was hatten die Depressionen meines Vaters mit meiner Verletzung zu schaffen? Ich konnte immer noch keine Verbindung herstellen. Das geschah erst, als der Polizist sagte: »Ich denke, dass dir alles zu viel geworden ist. Das ist ganz normal. Die Träume sind für dich ein Ventil, eine Methode, alles zu verarbeiten. Wie deine Mutter sagte, war Blut am Nachtkästchen. Für mich ist es am wahrscheinlichsten, dass du dir im Schlaf den Kopf gestoßen hast.«

Meine Ohren sausten. Ich geriet in Panik. Er glaubte mir

nicht! Er dachte, ich hätte mich selbst verletzt! Meine Hände wurden nass vor Schweiß.

»Ich bin nicht verrückt. Es war wirklich ein Mann in meinem Zimmer.«

»Ich glaube ganz bestimmt nicht, dass du verrückt bist«, sagte er seufzend. »Nur dass du eine schwere Zeit durchmachst. Träume können sehr real wirken, das weiß ich. Es wäre sicher gut, wenn du dir jemanden suchst, mit dem du reden kannst. Einen Psychologen. Denk mal darüber nach.«

Ich sah in den Augen meiner Mutter eine gewisse Erleichterung nach diesem Plädoyer, so als ob es ihr lieber wäre, dass ich verrückt sei, als dass ich von einem mysteriösen Mann überfallen worden sei. Ich brach in Tränen aus.

Mama legte ihren Arm um mich. »Karolin, Schatz, ich bin für dich da. Es ist alles nicht so schlimm. Wir schaffen das.«

Ich riss mich los. »Ich will dich nicht. Ich will Papa. Alles, was dich interessiert, sind meine Noten.« Ich wusste nicht, dass ich so gemein sein konnte.

Der Mund meiner Mutter begann zu zittern. Sie wirkte verletzt. Ich spürte Reue, aber ich dachte gar nicht daran, ihr das zu zeigen.

Polizist Brand nickte, als ob mein Ausbruch seine Theorie nur noch bestätigte. Ich hätte ihm am liebsten in sein selbstsicheres Gesicht geschlagen. Ich hasse ihn! Ich hasse ihn! Ich hasse ihn!

Mama hat mich zu Hause ins Bett gesteckt. Sie fragte, wie es mir ginge und ob ich etwas essen wolle. Ich habe einsilbige Antworten gegeben. Jetzt höre ich meine Mutter in Schuhen durch das Haus laufen, und ich hoffe, dass sie sich schrecklich schuldig fühlt! Ich bin so müde, aber ich erlaube es mir nicht, einzuschlafen. Nie mehr! Lieber sterbe ich an Übermüdung, als dass dieser Fiesling wieder auftaucht und mich fertigmacht. Was für ein Wahnsinn. Niemand glaubt mir. Was soll ich jetzt tun?

Oh Gott, hilf mir bitte! Ich kann nicht mehr. Ich bin doch nicht verrückt, oder?

Freitag, 27. Oktober

Sitze ich wirklich heute am Freitagnachmittag im *Tresen* und warte auf einen wildfremden Jungen, der mit seinen Fußballkumpels hierherkommt, um was zu trinken? Ich kann es nicht leugnen, aber ich fasse es nicht. Oder besser gesagt: Ich fasse es schon, aber ich verstehe mich selbst nicht mehr.

Wenn ich über die vergangenen Tage nachdenke, sehe ich mein Leben wie einen Film blitzschnell an mir vorbeiziehen. Ich werde wach, gehe zur Schule, habe Streit mit Hanna und Marjolein, fahre nach Hause, lese den ganzen Nachmittag und Abend in Karolins Tagebuch, gehe schlafen, träume von Karolin und wache auf, damit alles wieder von vorne beginnt. Ich hätte heute mit Hanna und Marjolein irgendwas Nettes ausmachen können. Aber ich konnte nicht. Ich musste unbedingt in den *Tresen*. Denn Karolin hatte in ihrem Tagebuch geschrieben, dass Joost immer am Freitagnachmittag mit seiner Fußballmannschaft hierherkommt.

Ich drehe mein Glas Cola light hin und her und sehe nervös auf die Uhr. Halb fünf. Ob Joost noch kommt? Und wenn er kommt, was zum Teufel sage ich dann zu ihm? »Hallo, ich bin Eva, Karolins Nachbarin. Hattest du auch das Gefühl, dass sie verrückt geworden war? Bitte erzähl mir etwas über Karolin, egal was, ich kriege sie nämlich nicht mehr aus dem Kopf.« Das wäre totaler Schwachsinn.

Gestern habe ich sehr lange in Karolins Tagebuch gelesen. Als ich ins Bett gegangen bin, war ich völlig fertig. Wie muss das sein, fragte ich mich die ganze Zeit, wenn man Todesangst hat und niemand einem glaubt? Ich habe Karolin immer als eine fröhliche, starke Persönlichkeit gesehen. Jemanden, den man beneiden konnte. Aber stattdessen ging es ihr furchtbar schlecht. Mich hat noch niemals jemand so beschäftigt wie jetzt Karolin und noch nie habe ich mich so verantwortlich gefühlt.

»Wo bist du mit deinen Gedanken?«, höre ich auf einmal eine Stimme fragen.

Ich sehe auf. Der Junge hinter der Theke lächelt mich an.

»Ich habe dich gefragt, ob du noch was trinken willst, aber du hast mich nicht gehört. Oder vielleicht hattest du keine Lust zu antworten?« Er lacht freundlich.

Ich sehe jetzt erst, dass er ziemlich gut aussieht: blaue Augen, kurze blonde Haare und Sommersprossen auf der Nase.

»Wartest du auf jemanden?«, fragt er.

»Äh ... ja.«

»Auf wen? Deinen Freund?«

Ich hoffe, dass ich nicht rot werde. Ich bin sechzehn und habe noch nie einen Freund gehabt. In der Schule laufen viele nette Jungs rum, aber sie nehmen mich gar nicht wahr. Und die wenigen, die sich für mich interessieren, gefallen mir nicht. Der Gedanke, dass der Junge hinter der Theke denkt, ich hätte einen Freund, schmeichelt mir.

»Nein«, versuche ich so lässig wie möglich zu antworten. »Ich bin mit einem Jungen verabredet, den ich kenne. Nichts Besonderes.« Meistens werde ich knallrot, wenn ich lüge, aber jetzt nicht.

Er nickt und streckt seine Hand über die Theke hinweg nach mir aus. »Ich bin Steven. Nett, dich kennenzulernen.«

Ich schüttele ihm die Hand. Warm und fest. »Eva. Ebenso.«

»Eigentlich arbeite ich freitags nie. Ich springe heute, morgen und am Sonntag für jemanden ein. Da gehen sie hin, meine Wochenendpläne.«

Steven lacht. Und ich auch.

Ich habe fast vergessen, dass ich wegen Joost hier bin, als auf einmal eine laut lachende und redende Gruppe Jungs hereinkommt. Ob das die Fußballmannschaft ist?

»Es gibt Arbeit«, seufzt Steven. »Vielleicht können wir später weiterreden.«

Hoffentlich, denke ich.

Die Gruppe stellt sich an die Bar. Jacken werden ausgezogen, Bier bestellt und ich höre ein paar Jungs reden über

»das beschissene Training. Hoffentlich läuft das Spiel am Sonntag besser.«

Was jetzt? Nie im Leben traue ich mich, einen der Jungs anzusprechen. Ich fühle mich unwohl und rutsche nervös auf meinem Barhocker hin und her. Das wird nichts. Vielleicht sollte ich lieber nach Hause gehen und diesen bescheuerten Plan vergessen. Auf einmal höre ich jemanden rufen: »He, Joost, hast du mal Geld für 'ne Cola?«

Ein paar Köpfe drehen sich in Richtung der Stimme, aber der Junge neben mir antwortet: »Mann, Maarten, kauf dir deine Cola selber. Du machst mich noch ganz arm. Das ist der letzte Euro, den du von mir kriegst.«

Es wird gelacht und Geld fliegt durch die Luft. Meine Wangen brennen. Joost steht nur ein paar Zentimeter von mir entfernt! Ich nehme meinen gesamten Mut zusammen. »Joost?«, frage ich.

Der Junge neben mir dreht sich um und starrt mich leicht verwirrt an. Es ist einen Moment still. Dann sagt er: »Ja? Was ist?«

Karolin hat in ihrem Tagebuch nicht übertrieben. Joost sieht wirklich sehr gut aus. Mit seinem coolen Dreitagebart, den braunen Locken, stahlblauen Augen und dem engen schwarzen Pulli sieht er aus wie ein Model. Ich verstehe sofort, warum sie sich in ihn verliebt hat.

»Hi, ich bin Eva«, sage ich schließlich. »Warst du zufällig der Freund von Karolin?«

Erneut tritt Stille ein. Dieses Mal länger. Hat er mich überhaupt gehört?

»Ja. Wieso?«, antwortet Joost schließlich steif.

»Was für ein Zufall, dass ich dich hier treffe«, lüge ich.

»Ich wohne bei Karolin nebenan. Ich habe deinen Namen gehört und gedacht: Ich muss wissen, ob das vielleicht der Joost ist.«

Seine Augen werden dunkel und er sieht mich misstrauisch an. Der Blick erinnert mich an die Art, mit der man Leute betrachtet, die einem etwas andrehen wollen.

»Was willst du? Ich bin mit ein paar Freunden hier.«

»Äh … nichts. Ich freue mich bloß, dich mal in echt zu sehen. Karolin war verrückt nach dir. Sie hat ständig von dir geredet.«

Auf einmal lächelt Joost. »Ach. Ja, das ist schön zu hören.« Er nimmt sein Bier und trinkt einen Schluck. »Mann, du hast mich ganz schön überfallen.« Sein Blick wird traurig. »Ich vermisse sie so.«

»Ich auch«, sage ich.

»Kanntest du Karolin gut?«

»Sie war meine beste Freundin.« Das ist nicht gelogen. Ich zögere und sage: »In der letzten Zeit haben wir uns weniger gesehen. Ich hätte ihr gern noch so viel gesagt, aber dafür ist es jetzt zu spät.«

Joosts Gesicht wird starr und er sieht mich mit stumpfem Blick an.

»Ist was?«, frage ich erschrocken.

»Äh … nein. Aber ich habe Karolin in den letzten Wochen vor ihrem Tod auch nicht mehr gesehen«, sagt er heiser.

Ich bin so erstaunt, dass mir erst mal nichts mehr einfällt. Nicht mehr gesehen? Davon weiß ich nichts. In ihrem Tagebuch war noch alles in Ordnung. »Ach so«, stottere ich schließlich. »Warum?«

Er reibt sich das Gesicht mit den Händen und sieht mich hilflos an. »Wenn ich das nur wüsste. Eines Tages kam sie mit einer wirren Geschichte zu mir, über einen Mann, der sie geschlagen hatte. Im Traum. Hat sie dir das auch erzählt?«

Ich nicke. »Ja.«

»Von da an ging es abwärts. Sie war völlig durch den Wind. Sie wendete sich von mir ab, wollte keine Hilfe«, sagt er mit erstickter Stimme. »Ich konnte nichts tun, um ihr zu helfen. Weißt du, Eva, ich habe mich in meinem ganzen Leben noch nie so machtlos gefühlt. Und auf einmal war sie tot.«

Joost starrt mich an, aber ich habe das Gefühl, dass er direkt durch mich hindurchsieht, in die Ferne.

»Es tut mir leid«, sage ich leise. Ich habe einen Kloß im Hals. »Ich hätte nicht von Karolin reden sollen.«

Joost legt mir die Hand auf die Schulter. »He, mach dir keine Gedanken. Ich finde es eigentlich schön, über sie zu sprechen. Ich liebe sie immer noch sehr. Aber ich fühle mich so verdammt schuldig.«

»Es ist nicht deine Schuld, dass sie tot ist«, murmele ich. Dann schweige ich. Ich kann seine Gefühle sehr gut nachvollziehen.

Eine Cola light und ein Bier werden vor uns auf die Theke gestellt. Ich sehe hoch. Steven zwinkert mir zu und sagt: »Geht aufs Haus.« Ich werde rot und trinke hastig ein paar Schlucke. Wie nett!

Neben mir höre ich Joost sagen: »Sie hat tatsächlich geglaubt, dass es diesen Mann aus ihren Träumen wirklich gab, oder?«

Ich sehe ihn an. »Ja. Glaubst du auch, dass sie sich das alles eingebildet hat?«

Da packt Joost mich plötzlich am Arm. »Natürlich. Du etwa nicht?« Sein Ton ist kühler geworden.

Ich habe auf einmal Angst, dass ich etwas Verkehrtes gesagt habe, und stammele: »Äh … nein, stell dir vor.« Dann sage ich etwas, das mich selbst überrascht: »Aber verrückt ist die Geschichte schon irgendwie. Ich will ja nicht sagen, dass ihre Ängste berechtigt waren, aber es sind doch seltsame Dinge passiert …«

»Wie meinst du das?«, fragt Joost scharf. Er ist möglicherweise noch überraschter über meine Bemerkung als ich selbst.

»Na ja, ich finde, es passt nicht zu Karolin, sich so in etwas hineinzusteigern. So kenne ich sie gar nicht.«

Joost nickt, als ob er mich auf einmal versteht. »Ich finde es auch schwer zu akzeptieren, dass sie krank im Kopf war. Aber es ist natürlich Unsinn, deswegen zu denken, dass es diesen Mann aus ihren Träumen wirklich gegeben hat. Das muss dir doch auch klar sein, oder?«

Ich seufze. »Du hast recht. Entschuldige, ich habe mich gerade gehen lassen.«

»Macht nichts.«

Ein Junge tippt ihm auf die Schulter. »He, Joost, wo bleibst du denn? Wir haben was zu essen bestellt. Und wir müssen noch über das Spiel am Sonntag reden.«

»Komme schon«, antwortet Joost. Er lächelt mich an und trinkt sein Bier aus. »Es war schön, mit dir zu reden.« Er umarmt mich, als wären wir alte Freunde. Mit den Worten »Halt die Ohren steif« geht er zu seinen Freunden.

Es ist in der Kneipe viel voller geworden. Die Tische sind jetzt alle besetzt und es riecht nach Essen. Mein Blick sucht Steven und ich finde ihn an einem Tisch ganz hinten. Er nimmt eine Bestellung auf. Ich winke, aber er sieht mich nicht. Enttäuscht trinke ich meine Cola aus. Ich beschließe, nach Hause zu gehen. Ich habe hier nichts mehr verloren.

Ein kalter, rauer Wind beißt mich an den Wangen. Es ist halb sieben und dunkel. Ich nehme mein Fahrrad und fahre los. Ich rase durch die Straßen, als ob ich es furchtbar eilig hätte, fahre kreuz und quer zwischen den Autos und anderen Fahrrädern hindurch. Ich bin froh, dass ich mit Joost gesprochen habe. Es hat sich heute Nachmittag so angefühlt, als ob Karolin ein bisschen näher wäre. Ein Mann überquert mit zwei kleinen Kindern den Zebrastreifen. Ich muss bremsen. Der Mann sagt etwas und die Kinder lachen.

Auf einmal muss ich an meinen Vater denken. Ich schüttele den Kopf, aber die Erinnerung verschwindet nicht. Ich bin wieder zehn Jahre alt. Meine Mutter hat mir gerade erzählt, dass mein Vater sich sehr über die Schwangerschaft gefreut hat und wie sehr sie sich ein Kind gewünscht hatten. Ich verstehe das nicht. Was ist dann der Grund dafür, dass er uns im Stich gelassen hat? Offensichtlich sind die Probleme zwischen meinen Eltern erst entstanden, nachdem ich geboren war.

Letztlich konnte ich nur zu einem Schluss kommen: Mein Vater war meinetwegen gegangen. Vielleicht hatte ihm das Leben mit Kind nicht gefallen, oder noch schlimmer, vielleicht hatte ich ihm nicht gefallen. Ich brauche nicht zu erklären, was für ein Schock diese Erkenntnis war. Ich habe mich selbst Tage, nein, Wochen in den Schlaf geweint. Ich wollte meiner Mutter nichts davon erzählen. Sie hätte mir bestimmt widersprochen, um mich zu schützen. Jahre später kam ich zufällig durch meine Oma auf den wahren Grund für sein Verschwinden. Sie ließ fallen, dass mein Vater ein wertloser Nichtsnutz gewesen war, der seine Familie für eine andere Frau verlassen hatte. In gewisser Weise war das eine Erleichterung, aber trotzdem blieb das nagende Gefühl, dass ich für meinen Vater nicht so besonders gewesen war, dass er geblieben wäre.

Auf einmal stehe ich vor unserer Haustür. Mir dröhnt der Kopf und mir ist ein bisschen übel. Die Fahrradtour hat mir nicht gerade gutgetan. Ich gehe ins Haus. Es ist dunkel und still. Meine Mutter ist heute Morgen nach Mailand geflogen, zur europäischen Wohnmesse. Ich habe ihr versichert, dass ich gut ein paar Tage allein bleiben könnte, aber jetzt verursacht die Aussicht auf ein einsames Wochenende eine Welle des Selbstmitleids. Ich schließe die Haustür hinter mir und lege die Kette vor. Dann gehe ich ins Bad und nehme ein Aspirin. Heute Abend gehe ich früh ins Bett.

Samstag, 28. Oktober, 8:10 Uhr

Ich schrecke aus dem Schlaf hoch. In meinem Zimmer ist es dämmrig und totenstill. Ich setze mich auf und mein Kopf fühlt sich schwer an. Ein dumpfer, stechender Schmerz klopft hinter meiner Stirn. Es fühlt sich so an, als hätte ich gestern Abend eine ganze Flasche Wein allein getrunken und wäre nicht um neun Uhr schlafen gegangen, sondern um drei. Ich schaue auf den Wecker. Es ist Samstag früh, zehn nach acht. Ich muss in einer Art Koma gelegen haben. Dann erinnere ich mich auf einmal an meinen Traum.

Er begann mit Karolin. Sie saß auf meinem Schreibtischstuhl und blätterte in ihrem eigenen Tagebuch. Ich war so schrecklich froh, sie zu sehen. Ich versuchte zu sagen, dass ich sie vermisst hatte, aber es ging nicht. Karolin stand auf. Ein Streifen Mondlicht fiel ihr ins Gesicht. Erst in dem Moment sah ich, dass sie weinte. Dicke Tränen, die lautlos ihre Wangen hinunterrollten.

»Ah, du bist wach, schön.« Karolin setzte sich auf meine Bettkante und gab mir einen Kuss auf die Wange. Sie roch noch genauso wie früher, frisch und ein bisschen süß.

»Wir haben lange nicht mehr miteinander gesprochen«, sagte sie leise. »Ich habe dich vermisst.«

Ich verspürte eine heftige Welle der Freude. Mein Mund weigerte sich noch immer, Worte zu formen. Ich begann zu weinen. Verrückterweise ging das im Traum.

»Du brauchst nicht traurig zu sein«, sagte sie. »Ich bin doch jetzt da?«

Sie nahm meine Hand und versprach mir, dass wir immer Freundinnen bleiben würden. Im Traum fühlte es sich an wie die Wahrheit.

»Es sind so viele seltsame Dinge passiert«, flüsterte Karolin.

Das fand ich auch. Es war nicht schlimm, dass ich nicht wusste, was ich antworten sollte. Sie schien mich zu verstehen.

Die Minuten strichen vorbei und Karolin starrte schweigend auf einen Punkt an der Wand. Aber es war schön, dass sie neben mir saß. Als sie erneut zu sprechen begann, erschrak ich über ihre Stimme. »Alle halten mich für verrückt«, sagte sie gehetzt. »Du doch nicht, Eva? Glaub mir, bitte, diesen Mann gibt es wirklich.«

Plötzlich war da ein komisches, klackerndes Geräusch auf dem Flur. Es erinnerte an Schritte, die sich näherten. Karolin hörte es auch und schrie los: »Hilfe, das ist er. Er ist mir gefolgt.« Sie sprang auf. »Er will mich umbringen«, kreischte sie. »Lauf weg, Eva. Solange du noch kannst.« Sie drehte sich um und verschwand in den dunklen Schatten meines Zimmers.

Ich blieb allein zurück und das Herz schlug mir bis zum Hals. War der Mann wirklich hier? Die Tür knarzte, die Klinke senkte sich. Ich sah eine schwarze Gestalt in der Tür stehen. Mein Atem setzte aus. Das Wesen schlich herein. Ein schwarzer Schatten ohne klar erkennbares Gesicht. Ich muss mich verstecken, dachte ich. Aber ich konnte mich nicht bewegen. Gelähmt vor Angst sah ich ihn an.

Die Gestalt blieb vor meinem Bett stehen und beugte sich über mich. Ich hörte sie atmen, schwer, beinahe keuchend. Und auf einmal konnte ich das Gesicht sehen. Es war mein Vater! Er lachte nicht, so wie ich es von dem Foto her kannte. Aber er blickte freundlich, sehr fürsorglich. Dies war der Moment, auf den ich mein ganzes Leben gewartet hatte. Endlich war er gekommen. Zu mir.

»Papa«, wollte ich sagen, aber ich konnte immer noch nicht sprechen. Er legte mir eine Hand auf die Stirn, strich mir übers Haar, streichelte meine Wange. Seine kalten Finger erschreckten mich.

»Dummes Gör«, sagte er mit rauer, krächzender Stimme. Dann zog ein Schatten über sein Gesicht und die Gesichtszüge veränderten sich. Er war nicht mehr mein Vater, sondern jemand anders. Bevor ich sehen konnte, wer es war, wurde es stockdunkel. Ich spürte überall seine eiskalten Finger und seine Nägel kratzten auf meiner Haut. Langsam glitt seine Hand über meinen Mund. Ich bekam keine Luft mehr und ein beklemmendes Gefühl des Erstickens stieg in mir auf. Die Hand presste immer fester auf meinen Mund und das letzte bisschen Luft schwand aus meiner Lunge. In meinen Ohren begann es zu sausen und ich sah nur noch rote Flecken vor den Augen. Ich sterbe, dachte ich. Seltsamerweise hatte ich keine Angst mehr. Alles wurde schwarz und ich sackte weg.

Sogar jetzt, wo ich wach bin, fühle ich noch den Druck seiner Hand auf meinem Mund. Was für ein Unsinn, sage ich streng zu mir selbst, es war einfach nur ein Traum.

Ich knipse die Lampe über meinem Bett an. Schreibtisch, Stuhl, Kleiderschrank, alles steht noch an seinem Platz. Und dann sehe ich ihn. Einen Brief. Er liegt auf der Kommode neben meinem Bett, halb versteckt zwischen den Seiten meines Biobuchs. Ich bin mir sicher, dass dort gestern Abend kein Brief war. Ich blinzele, aber der Zettel verschwindet nicht. Mein Mund wird trocken und ich ziehe das Papier aus dem Biobuch. Die Handschrift, groß und übertrieben kindlich.

Karolin ist tot. Misch dich da nicht ein. Ich beobachte dich!

Mir zittern so sehr die Hände, dass der Brief auf den Boden fällt. Was zum Teufel ist heute Nacht geschehen? Traumgestalten können keine Briefe schreiben. Es ist tatsächlich jemand in meinem Zimmer gewesen! Ich fühle mich, als stünde ich am Rand eines steilen Abgrunds und könnte das Gleichgewicht nicht mehr halten. Mir dreht sich der Magen um. Ich springe aus dem Bett und renne ins Bad. Ich übergebe mich ins Klo, immer wieder, bis nichts mehr kommt. Ich stehe auf und erschrecke über mein Gesicht im Badezimmerspiegel. Ich sehe furchtbar aus. Ich habe dunkle Ringe unter den Augen und über meine Wange verlaufen ein paar rote Schrammen. Es dauert ein paar Sekunden, bis ich realisiere, was ich da sehe. Rote Schrammen! Ich spüre die Nägel aus meinem Traum wieder über mein Gesicht kratzen.

Schwindelig lehne ich mich gegen die kalten Fliesen der Badezimmerwand. Einatmen, ausatmen. Ich zwinge mich, ruhig zu werden. Es ist halb neun, Samstag früh, und wenn der Mann mir etwas hätte antun wollen, wäre das heute Nacht sicher geschehen. Oder? Ich betrete den Flur. Dunkel. Hatte ich nicht das Licht angeknipst? Oder mache ich mich selbst verrückt? Ich laufe von Zimmer zu Zimmer. Alles wirkt normal. Dann stehe ich vor meiner Zimmertür. Ich muss da rein. Ich kann ja später schlecht im Schlafanzug auf die Straße gehen.

»Hallo?«, rufe ich. »Ist da jemand?«

Ich lege mein Ohr an die Tür und lausche. Es kommt keine Antwort. Ich hole tief Luft und öffne vorsichtig die Tür. Ich betrete mein Zimmer. Meine Nachttischlampe spendet das einzige Licht und ich sehe überall seltsame

Schatten und dunkle Umrisse. Ich blicke mich ständig um, weil ich sehen will, ob irgendjemand neben mir oder hinter mir steht. Dadurch stolpere ich über ein T-Shirt, das auf dem Boden liegt. Das Herz springt mir beinahe aus dem Brustkorb vor Schreck. In wenigen Schritten stehe ich vor dem Fenster und ziehe die Gardine auf. Das Tageslicht strömt herein und mein Zimmer wirkt ein bisschen weniger geisterhaft. Ich traue mich sogar, unter mein Bett und in den Schrank zu gucken. Da ist wirklich niemand. Ich hebe den Brief vom Boden auf, ziehe schnell ein paar Klamotten an und gehe nach unten.

In der Küche mache ich alle Lichter an. Vom Küchenfenster aus beobachte ich die Straße. Leute laufen vorbei. Autos fahren vorbei. Eine beruhigende Aussicht. Ich setze mich an den Küchentisch und nehme den Brief in die Hand. Warum habe ich ihn bekommen? Warum war heute Nacht ein Mann in meinem Zimmer? Warum passiert mir das? Ich versuche, eine Antwort zu finden und alles zu ordnen. Was weiß ich? Zunächst: Karolin träumt von einem unheimlichen Mann und hat Todesangst, dass es ihn wirklich gibt. Niemand glaubt ihr, auch ich nicht. Ich habe gestern Nachmittag mit Joost geredet und auf einmal spaziert dieser Mann mal eben so in meinen Traum. Drehe ich nun auch durch oder ist da mehr? Ich brauche mir nur den Brief anzuschauen, um sicher zu sein, dass ich mir nicht alles eingebildet habe. Und Karolin hat das auch nicht getan, oder? Durch diese Frage bekomme ich noch mehr Angst als vorher.

Und auf einmal, es durchfährt mich wie ein Blitz, kommt mir ein entsetzlicher Gedanke. Wenn es den Mann wirklich gibt, dann war Karolins Tod vielleicht gar kein Unfall. Nein, das kann nicht wahr sein. Es war ein normaler Unfall, Punkt aus. Ich habe mich schon einmal total lächerlich gemacht, weil ich dachte, dass Noah etwas über Karolins Tod verschwiegen hätte. Es ist albern, jetzt Joost zu verdächtigen. Aber ist es denn Zufall, dass all das passiert, nachdem ich mit Joost gesprochen habe?

Während ich nachdenke, starre ich wieder auf den Brief. *Karolin ist tot. Misch dich da nicht ein. Ich beobachte dich.* Es läuft mir kalt den Rücken runter und ich stehe auf. Dann sehe ich plötzlich, dass das Fenster zum Garten ein Stück offen steht. Ein matschiger Fußabdruck ist auf der Fensterbank. Oh Gott, so ist der Fiesling heute Nacht wahrscheinlich reingekommen. Ich brauche nicht länger nachzudenken. Ich muss so schnell wie möglich zur Polizei.

Samstag, 28. Oktober, 09:45 Uhr

Die Polizeiwache am Koninginneweg ist so gut wie ausgestorben. Hinter der Empfangstheke arbeitet eine Frau. Sie sieht nicht auf, als ich reinkomme. Ich gehe auf sie zu.

»Hallo?«, sage ich fragend.

»Ja, bitte, was kann ich für dich tun?« Die Polizistin starrt weiter auf ihren Monitor.

Ich räuspere mich. »Äh … ich bin heute Nacht von einem Mann bedroht worden. Und er hat vielleicht auch jemanden ermordet.«

Sofort habe ich ihre volle Aufmerksamkeit. Die Frau sieht mich erschrocken an und ihr bleibt der Mund offen stehen.

»Was sagst du? Ermordet?«

»Na ja«, stottere ich, »das Letzte weiß ich nicht sicher. Aber es könnte sein.«

Die Polizistin verschränkt die Arme. »Ich fürchte, ich verstehe kein Wort. Wurde nun jemand ermordet oder nicht?«

»Äh ... nein. Aber meine Freundin ist vor einer Weile verunglückt. Und heute Nacht habe ich einen Drohbrief bekommen. Also dachte ich, dass der Unfall vielleicht doch kein Unfall war.«

Der Mund der Frau wandelt sich zu einem schmalen Strich. »Tja«, sagt sie schließlich. »Und was willst du jetzt anzeigen? Den Unfall, der vielleicht kein Unfall war, oder den Brief?« Sie klingt ein bisschen spöttisch.

Ich schlucke schwer. »Beides? Geht das?«

»Es geht alles.« Die Frau seufzt und greift nach einem Vordruck. Sie notiert meinen Namen und meine Adresse. Bei meinem Alter schüttelt sie den Kopf, so als würde ich damit den letzten Rest meiner Glaubwürdigkeit einbüßen.

Die Frau sagt, dass ich warten muss und dass bald ein Polizist mit mir sprechen würde. Ich setze mich auf einen der drei Stühle vor der Theke. An der Wand hängen Poster mit Gesichtern von Verbrechern. Gesucht wegen Banküberfalls, gesucht wegen Vergewaltigung, gesucht wegen Mordes. Ob Karolin die Fotos auch angeschaut hat, als sie mit ihrer Mutter hier war?

Ich warte. Und warte. Nach einer halben Stunde öffnet sich die Tür und ein etwas älterer Mann in Polizeiuniform kommt aus einem der Zimmer. Er geht zu der Frau hinter der Theke. Sie reden leise miteinander und aus den Augenwinkeln sehe ich, dass sie Blicke wechseln. Mir wird klar, dass sie vielleicht über mich reden, und ich fühle mich schrecklich verloren. Der Mann dreht sich um und geht wieder in das Zimmer zurück. Es dauert bestimmt noch zehn Minuten, bis sich dieselbe Tür wieder öffnet und der Mann in der Tür sagt: »Eva Nieboer?«

Ich nicke und schüttele die ausgestreckte Hand.

»Johannes Brand, Polizei Amsterdam-Amstelland.«

Ist das derselbe Mann, mit dem Karolin geredet hat? Ich kann mich nicht mehr an den Namen aus dem Tagebuch erinnern.

»Komm rein.« Er hält mir die Tür auf.

Was hatte ich erwartet? Auf jeden Fall nicht dieses kleine Kabuff mit stahlblauem Teppich, zwei Plastikklappstühlen und einem alten Schreibtisch. Ich setze mich Brand gegenüber und beiße mir nervös auf die Lippe.

Er lehnt sich in seinem Stuhl zurück. »Erzähl, was führt dich hierher?«

Ich schweige ein paar Sekunden und überlege, wie ich am besten anfange. »Es ist ziemlich ... komplex.«

»Warum beginnst du nicht einfach am Anfang?«

»Äh ... okay.« Ich rutsche auf meinem Stuhl herum. »Vor ein paar Wochen ist meine Freundin gestorben. Sie wurde von einem Lieferwagen überfahren. Vielleicht kennen Sie sie sogar. Karolin Simonsen. Sie hat hier auch mal Anzeige erstattet.«

Ich sehe, dass Brand nachdenkt. Dann erinnert er sich tatsächlich. »Ah, Karolin Simonsen. Ja, die war hier, zusammen mit ihrer Mutter. Ein nettes Mädchen. Wie tragisch, dass sie verunglückt ist.«

Offensichtlich ist das derselbe Polizist, mit dem auch Karolin gesprochen hat.

»Sie hat Ihnen von dem Mann in ihren Träumen erzählt, stimmt's?«

Brand stützt die Ellenbogen auf dem Schreibtisch auf und lässt sein Kinn in den Händen ruhen. »Ja, daran erinnere ich mich noch. Sie war ziemlich durcheinander.«

»Der Mann aus Karolins Träumen war heute Nacht auch in meinem Zimmer, während ich schlief. Und heute Morgen lag auf einmal ein Brief neben meinem Bett, zwischen den Seiten meines Biobuchs. Ich kann es also nicht geträumt haben.«

»So?« Er runzelt die Stirn. »Und was stand in dem Brief?«

Ich ziehe den Brief aus meiner Hosentasche und lege ihn vor ihm auf den Tisch.

»Ist er das?«, fragt er.

»Ja.«

Brand betrachtet den Zettel flüchtig. »Ja, ich kann mir vorstellen, dass du dich deswegen erschrocken hast. Weißt du, wer den Brief geschrieben haben könnte?«

Ich hole tief Luft und sage: »Ich habe Joost in Verdacht, Karolins Freund. Und ich glaube, dass Karolins Tod vielleicht kein Unglück war.« Jetzt strömt es nur so aus mir heraus. Was ich in Karolins Tagebuch gelesen habe, wie ich ihr zuerst auch nicht geglaubt hatte, dass ich gestern Nachmittag Joost getroffen habe und dass es kein Zufall sein kann, dass ich jetzt bedroht werde. Ich höre auf zu reden, denn ich habe auf einmal das Gefühl, dass Brand mir gar nicht zuhört.

»Sie müssen mir helfen«, schließe ich verzweifelt. »Könnten Sie nicht mit Joost reden?«

»Ich befürchte, dass ich nicht viel für dich tun kann«, sagt er. »Es ist wahrscheinlich Zufall, dass du schlecht träumst, nachdem du mit Joost gesprochen hast. Und es ist nicht strafbar, solche Briefe zu schreiben. Ich kann nur dann eine Untersuchung einleiten, wenn du ernsthaft bedroht wirst. Physisch, um genau zu sein. Oder falls der Mann etwas gestohlen hat. Fehlt zu Hause etwas?«

Ich schüttele den Kopf. »Nein, ich glaube nicht. Aber es ist eingebrochen worden. Das ist doch auch strafbar? Auf der Fensterbank in der Küche ist Matsch. Wollen Sie sich das mal ansehen?«

»Nein, das ist nicht nötig.« Brand seufzt tief. »Eva, es tut mir leid, aber ich kann unmöglich auf die Jagd nach einem Mann gehen, der Teenagermädchen in ihren Träumen belästigt. Und ein bisschen Matsch ist kein wirklich überzeugender Beweis für einen Einbruch.«

Ich gerate in Panik. Er glaubt mir nicht. Ich sehe es an seinem Gesicht, an der Art, wie er die Lippen schürzt und die Augen zusammenkneift. »Und der Brief? Das ist doch auch ein Beweis?«

Er lächelt beruhigend. »Ich finde es auch komisch, dass ein Brief neben deinem Bett lag. Aber dafür gibt es sicher eine Erklärung.« Ich merke, dass er seine Worte sorgsam wählt. »Der Brief hat doch in deinem Biobuch gesteckt?«

»Ja.«

»Ich schätze, dass ihn dir jemand in der Schule in die Tasche gesteckt hat. So ist er wahrscheinlich in deinem Biobuch gelandet. Es soll vermutlich ein Witz sein.«

Bin ich extra hierhergekommen, um das zu hören? Ich kämpfe gegen die Tränen. »Das ist kein Witz. Und der Brief ist mir nicht in der Schule in die Tasche gesteckt worden. Nachher ende ich auch noch unter einem Auto!«

»Jetzt hör mir mal zu, Mädchen. Ich verstehe, dass du durch den Tod deiner Freundin durcheinander bist. Aber es geht zu weit, deshalb zu denken, dass sie ermordet wurde. Und dass du jetzt auch in Gefahr bist, weil du mit ihrem Freund geredet hast. Ich bin mir ganz sicher, dass da gar nichts ist.« Brand wirft einen flüchtigen Blick auf die Uhr. »Vielleicht solltest du nicht mehr in Karolins Tagebuch lesen. Sie war wirklich sehr durcheinander, was sich in den seltsamen Träumen geäußert hat. Es kann sehr beängstigend sein, so etwas zu lesen. Ich möchte nicht, dass du dich da genauso reinsteigerst.«

Ich war in meinem ganzen Leben noch nie so sprachlos. Ich stehe auf. Ich muss hier weg. Ich habe Angst, in Tränen auszubrechen, solange dieser Brand dabei ist, und darum renne ich raus, ohne mich zu verabschieden. Durch meinen Tränenschleier hindurch kann ich nichts mehr sehen, aber ich schaffe es, aus der Polizeiwache herauszulaufen. Es hat angefangen zu regnen. Kalte Tropfen peitschen mir ins Gesicht, aber das macht mir nichts aus. Ich zerre an meinem Fahrradschloss herum. So muss sich Karolin auch gefühlt haben, als Brand ihr nicht geglaubt hat. Voller Angst, allein und im Stich gelassen. Ich steige auf mein Rad. Was nun? Ich habe keine Ahnung.

Außer Atem und mit Seitenstechen komme ich zu Hause an. Ich bin so schnell gefahren, wie ich nur konnte, um sicherzugehen, dass ich nicht verfolgt werde. *Ich beobachte dich,* hatte in dem Brief gestanden. Aber bei dem Regen ist mir niemand nachgefahren.

Mit einem unbestimmten, nervösen Gefühl im Magen öffne ich die Haustür. Der Flur sieht noch genauso aus wie vorhin, als ich gegangen bin. Ich trete mit einem Bein über die Schwelle und reiße einen Regenschirm von der Garderobe. Die Spitze wie ein Schwert nach vorne gehalten, rufe ich: »Die Polizei ist hier. Ich bin nicht allein.«

Ich warte ab und lausche. Kein Getrappel, keine flüchtenden Schritte. Ich spähe über die Schulter, um zu sehen, ob jemand von der Straße aus zu mir herschaut. Niemand. Etwas beruhigter gehe ich hinein und schließe die Haustür. Ich lege den Riegel vor und drehe den Schlüssel zweimal um. »Die ist zu«, sage ich, nur um meine eigene Stimme zu hören. Ich hole einen Stuhl aus dem Wohnzimmer und stelle ihn mit der Lehne unter die Klinke der Haustür. Dann kontrolliere ich, ob alle Fenster im Haus geschlossen sind. In der Küchenschublade finde ich ein großes Messer, das ich mit in mein Zimmer nehme. Ich ziehe mein Handy aus der Tasche und tippe die Nummer meiner Mutter ein.

Heftiges Rauschen und Knacken. Als würde ich auf einem anderen Planeten anrufen. Nervös beiße ich auf meinem Daumennagel herum.

»Hallo?« Meine Mutter geht dran. Ich heule beinahe vor Erleichterung.

»Mama, ich bin es.«

»Hallo, mein Schatz, wie schön, dass du anrufst. Hier ist es fantastisch. Tolles Wetter, ein schönes Hotel. Wie geht es dir?«

»Nicht so gut.« Ein Echo liegt auf der Leitung und ich höre meine Antwort noch einmal. Meine Stimme klingt ängstlich.

»Was ist? Bist du krank?«

Noch mehr Knacken und ein hoher Piepton.

»Nein. Ich hatte heute Nacht einen sehr unheimlichen Traum. Von einem Mann. Ich glaube, der Mann war wirklich in meinem Zimmer.«

Stille. Ist die Leitung tot?

»Was sagst du?«, antwortet meine Mutter schließlich von sehr weit her. »Einen Albtraum? Von einem Mann? Wie schrecklich, Schatz.«

»Es war kein Albtraum. Der Typ hat nämlich einen Brief in meinem Zimmer hinterlassen. Ich glaube, dass es Karolins Freund war, aber ganz sicher bin ich mir nicht.«

»Hallo? Eva? Ich höre dich nicht mehr, der Empfang ist schlecht. Hallo?«

»Mam? Mam?«

»Ah, da bist du wieder. Hast du gerade Brief gesagt?«

»Ja.« Ja sagt das Echo. »Darin stand, dass ich mich nicht um Karolins Unfall kümmern soll.«

Erneut Stille. Hat sie mich gehört? Ist der Empfang wieder schlecht?

»Karolin?«, sagt sie schließlich. »Warum bekommst du Briefe über Karolin? Das verstehe ich nicht. Du hattest doch schon seit Jahren keinen Kontakt mehr zu ihr.«

Mir wird auf einmal bewusst, dass meine Mutter von nichts weiß. Soll ich ihr über diese schlechte Telefonverbindung hinweg alles erklären? Karolins Tagebücher, die Träume, den Einbruch bei Noah, meine Begegnung mit Joost?

Ich weiß, wie sie über meine Freundschaft mit Karolin denkt. Sie glaubt, dass sie nach der Grundschulzeit geendet hätte. Sie würde einen Herzinfarkt kriegen, wenn sie wüsste, was ich alles gemacht habe, und ganz sicher an meinem Verstand zweifeln. Diesen Gedanken kann ich nicht ertragen.

»Ist schon okay. Ich erzähle es dir, wenn du zu Hause bist. Kannst du eher zurückkommen?«, bitte ich.

»Schatz, ich schaffe es nicht, einen früheren Flug zu nehmen. Das ist hier das reinste Irrenhaus. Montag früh bin ich wieder da. Okay?«

Der Kloß in meinem Hals ist so groß, dass ich kaum antworten kann.

»Okay.«

»Du klingst irgendwie komisch. Muss ich mir Sorgen machen?«

»Nein, Quatsch«, antworte ich.

Meine Mutter sagt, dass sie mich heute Abend noch mal anruft und dass sie jetzt Schluss machen muss, weil ihr Taxi vor dem Hotel wartet. Wir verabschieden uns und ich lege das Handy weg. Der Kloß in meinem Hals löst sich in Tränen auf. Mein Zimmer fühlt sich entsetzlich still an. Ich habe das Gefühl, dass ich nicht allein bin, obwohl ich weiß, dass niemand da ist. Die Minuten ticken dahin. Ich setze mich an meinen Schreibtisch und starre abwesend an die Wand. Bin ich selbst an allem schuld, weil ich Karolin nicht loslassen kann, nicht mal jetzt, wo sie tot ist? Ist das vielleicht mein verdienter Lohn? Ich fühle mich auf seltsame Weise betrogen. Wenn sie doch bloß hier bei mir wäre. Ich nehme das Tagebuch vom Schreibtisch und beginne auf der Seite zu lesen, auf der ich beim letzten Mal aufgehört habe. Karolin ist wieder zurück, zumindest für eine kleine Weile.

Dienstag, 19. September

Hier bin ich wieder, nachdem ich eine Woche nichts geschrieben habe. Ich muss zusehen, dass ich weiterschreibe und mit mir selbst in Kontakt bleibe, sonst geht alles den Bach runter. Es kostet mich so viel Kraft, jeden einzelnen Tag zu überstehen: aufstehen, duschen, anziehen, frühstücken, kurz vor dem Fernseher rumhängen, Mittag essen, ein bisschen lesen, Abendessen und wieder schlafen. Ich schlafe im Zimmer meiner Eltern. Echt furchtbar, aber ich traue mich nicht, in meinem eigenen Bett zu schlafen. Dadurch fühle ich mich noch viel schrecklicher. Mein normales Leben scheint meilenweit weg zu sein. Ich habe nicht mehr geträumt, vielleicht auch durch die Tabletten, die ich verschrieben bekommen habe. Am Donnerstag hat mich Mama zu Dr. Eikman gebracht, einem Psychiater. Ist das nicht furchtbar? Jetzt gehöre ich offiziell in die Kategorie »geistesgestört«.

Dr. Eikman ist ein kleiner, dünner Mann mit einem lang gestreckten Kopf, spitzer Nase und schwarzen Krähenaugen. Er hatte auch insgesamt etwas von einer Krähe. Ich fand ihn gleich unsympathisch.

»Weißt du, warum du hier bist?«, fragte er.

»Weil alle denken, dass ich verrückt geworden bin.«

Dr. Eikman lächelte, als würde er die Antwort lustig finden. »Ganz so ist es nicht. Du bist hier, weil sich alle Sorgen um dich machen, das ist etwas völlig anderes. Möchtest du erzählen, was geschehen ist?«

»Wenn Sie das wünschen.«

»Ja.«

Und so erzählte ich ihm alles. Er hörte zu und machte sich ab und zu Notizen. An seinem Gesicht konnte ich nicht ablesen, was er über meine Geschichte dachte. Ich hätte ihm auch den Wetterbericht vorlesen können, dann hätte er wahrscheinlich genauso geschaut. Als ich fertig war, stellte Dr. Eikman mir eine Frage nach der anderen. Wann hatten die Träume angefangen? Wie sah der Mann aus? Was genau träumte ich? Wie war das Verhältnis zu meinen Eltern? Wie lange war mein Vater schon depressiv? Gab es zu Hause noch mehr Probleme? Kam ich in der Schule gut mit? Hatte ich Angst, die Prüfungen nicht zu bestehen? Hörte ich manchmal Stimmen in meinem Kopf? Er fragte, ob ich meine Gefühle beschreiben könnte. »Ich habe Angst«, sagte ich. »Und ich bin traurig, weil mir niemand glaubt.«

Nach einer Stunde wusste Dr. Eikman genug. Er blickte ernst, als er sagte: »Du hast eine leichte Psychose. Und ich kann dir helfen.«

Ich spüre immer noch die totale Fassungslosigkeit, die mich in diesem Moment überfiel. Mein ganzes Gesicht prickelte, so als ob er mir einen Schlag mit seinem Notizblock verpasst hätte. Vor fünf Wochen war mit mir noch alles in Ordnung, und jetzt wollte mir dieser Arzt auf einmal erzählen, dass ich eine Psychose hatte?

»Nein«, stotterte ich. »Ich bin nicht verrückt.«

»Ich habe auch nicht gesagt, dass du verrückt bist. Im Gegenteil, du leidest an einer Krankheit in deinem Kopf. Eine Psychose ist sozusagen ein Kurzschluss im Gehirn, durch den man Dinge sieht und hört, die nicht wirklich da sind. Meistens entstehen Psychosen in Stresssituationen. Deine Psychose hat sich wahrscheinlich durch die Depression deines Vaters entwickelt, in Kombination mit deiner Versagensangst. Psychosen sind bei Jugendlichen gar nicht so selten. Schon gar nicht bei familiärer Vorbelastung.«

Ich schaute ihn an, ohne ihn wirklich zu sehen. »Da war wirklich ein Mann in meinem Zimmer. Ich weiß, dass es gestört klingt, aber es ist die Wahrheit. Und er will mir etwas antun. Glauben Sie mir bitte.«

Aber ich redete gegen eine Wand. »Diese Art von Wahnvorstellungen sind Teil der Psychose«, fuhr Dr. Eikman ungerührt fort. »Sie können sehr real und beängstigend wirken und das ganze Leben beherrschen. Ich habe Patienten behandelt, die so paranoid waren, dass sie sich selbst schreckliche Dinge angetan haben.«

Dachte er vielleicht, dass ich Selbstmord begehen wollte? »Ich will nicht sterben.«

»Du wirst auch nicht sterben. Ich mache dich wieder gesund.«

Dr. Eikman führte sich auf, als wäre er mein Retter in der Not. »Ich würde dir gern ein Medikament verschreiben. Dadurch werden die Auswirkungen der Psychose unterdrückt. Wenn das noch nicht ausreichend hilft, ist eine stationäre Aufnahme notwendig. Aber das glaube ich nicht.«

Alles würde wieder gut werden, versprach er mir. Wenn ich die Tabletten nur regelmäßig einnähme und einmal die

Woche zu ihm käme, um mit ihm zu reden. Und während der Behandlung dürfte ich nicht zur Schule, schließlich sei ich krank. Hatte ich sonst noch Fragen? Wenn nicht, würde er gerne kurz mit meiner Mutter reden, um die Behandlung mit ihr zu besprechen.

Nein, ich hatte keine Fragen mehr. Ich wollte schreien, dass ich nicht krank sei, aber ich wusste, dass das keinen Sinn hatte. Es fühlte sich an, als ob mein Leben nicht länger mir gehörte. Dr. Eikman gab mir ein Taschentuch. Offenbar war ich in Tränen ausgebrochen.

Als Mama und ich von Dr. Eikman nach Hause kamen, war ich völlig neben der Spur. Mama sagte die ganze Zeit, dass ich nicht traurig sein sollte. Traurig? Wie kam sie denn darauf? Ich war wütend, wütend auf diesen blöden Polizisten, der mir nicht geglaubt hatte, wütend auf Dr. Eikman mit seiner Diagnose und wütend auf sie, weil sie all das zuließ. Sie war es schließlich, die mich zu diesem Psychiater gebracht hatte, weil sie mir auch nicht glaubte.

Jetzt bin ich nicht mehr wütend. Es ist, als ob die Tabletten in wenigen Tagen all meine Gefühle betäubt hätten. Ich bin eine Art Zombie geworden, aber was macht mir das schon noch aus?

Niemand weiß, warum ich zu Hause bin. Ich verstehe ja selber nicht, was mit mir passiert, wie sollte ich es dann anderen erklären können? Und vielleicht habe ich auch Angst, dass sie denken, ich sei wirklich *verrückt. Ich würde sterben vor Scham. Ich habe meinen Freundinnen gesimst, dass ich eine schwere Gehirnerschütterung hätte. Und im Tresen habe ich mit derselben Ausrede abgesagt. Alle haben sehr lieb reagiert. Ich bin schier unter Gute-Besserung-SMS und Genesungskarten begraben worden. Ich glaube, Puck hat mir jeden Tag einmal auf die Mailbox gesprochen. Dass sie sehr viel an mich denkt. Und dass es nicht schlimm ist, dass ich nicht zurückgerufen habe. Denn mit einer Gehirnerschütterung müsse man langsam machen. Ich fühlte mich entsetzlich schuldig. Insgeheim hoffe ich, dass Noah auch etwas von sich hören lässt.*

Echt verrückt, in den letzten Tagen muss ich auf einmal oft an ihn denken. So als ob mir jetzt erst so richtig klar geworden ist, dass es aus ist. Manchmal überlege ich: Soll ich ihn einfach anrufen und sagen, dass ich krank bin? Aber wahrscheinlich hat er die Neuigkeit schon in der Schule gehört. Ob ich ihm wirklich nichts mehr bedeute? Hör auf, Karolin! Du darfst nicht mehr an Noah denken. Dein Leben ist im Moment schon verwirrend genug.

Joost hat mich nach meiner SMS mit der Gehirnerschütterung in den letzten Tagen schon ein paarmal angerufen. Ich bin nicht drangegangen. Ich wollte, aber ich habe mich nicht getraut. Was hätte ich ihm denn sagen sollen? Sorry, Joost, wir haben uns erst zweimal getroffen und jetzt hatte ich einen Zusammenbruch? Bestimmt nicht! Ich höre jetzt lieber auf mit Schreiben, ich merke, dass ich mich immer schlechter fühle. So schwarz auf weiß wirkt alles noch viel trauriger und aussichtsloser.

Freitag, 22. September

Ich habe gerade meiner Mutter gesagt, dass ich müde bin und schlafen gehe. Zum Glück hat sie es geglaubt. Sie darf auf keinen Fall dahinterkommen, dass ich zu viel getrunken habe! Mama würde mich an den Haaren zu Dr. Eikman schleifen und mich sofort in die Klinik einweisen lassen. Ich muss schnell loswerden, was passiert ist. Dieser Tag ist völlig anders verlaufen, als ich es erwartet habe. Als ich heute Morgen aufgestanden bin, dachte ich, dass mein Leben keinen Sinn mehr hätte. Alles erschien mir wieder so grau in grau. Aber jetzt kann ich wieder ganz vorsichtig lächeln!

Heute Nachmittag war ich allein zu Hause. Mama war bei einer Freundin und wollte erst gegen fünf Uhr zurück sein. Und Papa machte einen Spaziergang. Es klingt schrecklich, aber ich bin richtiggehend froh, wenn mein Vater nicht da ist. Oft sitzt er wie gelähmt im Wohnzimmer und starrt mit hilflosem Blick vor sich hin. Ich weiß dann nicht, was ich sagen soll. Oder tun. Mein Vater scheint immer wieder in seine eigene düstere Welt abzugleiten. Ich vermisse ihn so schrecklich und ich habe solches Mitleid mit ihm. Aber irgendwie habe ich auch Angst, genauso verrückt und unglücklich zu werden wie er …

Jedenfalls habe ich richtig aufgeatmet, als ich heute Nachmittag eine Weile allein zu Hause war. Gegen zwei Uhr klingelte es. Ich ignorierte das Geräusch und verkroch mich tief in die Sofakissen. Es klingelte erneut, dieses Mal etwas länger. Dann klopfte auf einmal jemand ans Fenster. Ich konnte durch die Gardine nicht sehen, wer es war.

»Mach doch auf«, hörte ich eine Stimme sagen. »Ich sehe dich.«

Verdammt, ich konnte nicht mehr so tun, als wenn niemand zu Hause wäre. Ich schlich vorsichtig zur Haustür, machte auf … und japste nach Atem. Es war Joost! In Jeans, schwarzem Shirt und mit einem Blumenstrauß in der Hand. Was um alles in der Welt hatte er hier verloren?

»Hi, Schönheit«, sagte Joost. »Was für ein Glück – du lebst noch! Ich habe mir schon Sorgen gemacht.« Er gab mir die Blumen. »Was macht deine Gehirnerschütterung?« Kein Wort von ihm darüber, dass ich seine Anrufe nicht beantwortet hatte.

Ich stand sprachlos da, das Herz klopfte mir bis zum Hals. Vielleicht war ich sogar ein bisschen in Panik. Ich meine, mein Leben hatte einen absoluten Tiefpunkt erreicht, so tief, dass ich mit niemandem darüber reden wollte, und auf einmal stand Joost vor meiner Nase. »Woher hast du meine Adresse?«, stotterte ich.

»Ist das wichtig?«, fragte er grinsend. »Freust du dich nicht, mich zu sehen?«

»Äh ... doch«, antwortete ich. »Aber du überfällst mich ziemlich.«

Das war noch milde ausgedrückt.

»Bittest du mich rein?«

»Das, äh ... geht nicht. Mein Vater hat Grippe.« Ich wollte nicht, dass Joost meinem Vater begegnete, wenn er von seinem Spaziergang zurückkam.

»Tut mir leid für deinen Vater. Aber wir könnten auch zu mir nach Hause? Was meinst du?«

Meine Wangen verfärbten sich rot. »Ich habe eine Gehirnerschütterung und darf mich nicht viel bewegen.«

»Du kannst bei mir hintendrauf, dann brauchst du nicht selber Fahrrad zu fahren. Und nachher bringe ich dich auch brav wieder nach Hause. Los, komm mit. Was willst du sonst den ganzen Nachmittag zu Hause anfangen?« Er

blickte mich so schrecklich lieb an, und er gab mir so ein Gefühl von »Bei mir bist du sicher«, cool und anziehend zugleich. Ich wollte in seine Arme schlüpfen und alles vergessen. Wie hatte ich je Nein zu ihm sagen können? Also sagte ich: »Okay. Aber ich muss vor fünf wieder zu Hause sein. Und ich ziehe mir noch schnell was anderes an.« Denn ich sah ganz schön schlampig aus in meiner Jogginghose, ungeschminkt und mit ungekämmten Haaren!

Zum Glück waren Joosts Mitbewohner nicht zu Hause und so konnten wir unbehelligt in sein Zimmer gehen. Es war zwei Wochen her, dass ich schon einmal hier gewesen war, aber es kam mir viel länger vor, wie in einem anderen Leben.

»Ich mache es uns ein bisschen gemütlich«, sagte Joost. Er zog die Gardinen zu und ein paar Sekunden später war es schummerig im Zimmer. Dann legte er eine CD von Joss Stone ein.

»Möchtest du was trinken? Cola? Bier? Was anderes?«, fragte er.

»Nein, danke.«

Er holte sich selbst ein Bier und ließ sich aufs Sofa fallen. Wir saßen uns gegenüber. Stille trat ein. Die Art von Stille, in der man verzweifelt nach einem Gesprächsthema sucht. Ich dachte: Was tue ich hier? Ich gehöre ins Bett. Plötzlich bereute ich, dass ich mitgegangen war.

»Musst du nicht Fußball spielen?«, fragte ich etwas unsicher. »Es ist doch Freitagnachmittag?«

»Ja, aber ich habe das Training abgesagt. Ich wollte dich unbedingt sehen.«

»Ehrlich?« Das hatte ich nicht erwartet. »Wie lieb.«

Joost nickte. »Echt Mist, das mit deiner Gehirnerschütterung. Tut es noch weh? Macht es dir sehr zu schaffen?«

Ich antwortete mit zweimal Ja und schwieg dann.

»Wie ist das mit der Gehirnerschütterung eigentlich passiert?« Joost hatte sich eine Zigarette angesteckt und blies eine Rauchwolke Richtung Decke.

Es gefiel mir nicht, dass er immer mehr Fragen über meine Gehirnerschütterung stellte. »Ich bin mit dem Kopf gegen einen Schrank gestoßen«, sagte ich und versuchte das Thema zu wechseln. »Wie läuft dein Studium? Lernst du fleißig?«

»Na ja, geht so. Ich habe erst im November Prüfungen. Darfst du mit deiner Gehirnerschütterung in die Schule?« Joost schien nicht vorzuhaben, aufzugeben.

»Nein«, antwortete ich seufzend. »Der Arzt hat mir ein paar Wochen Ruhe verordnet.«

»Ein paar Wochen? Das ist aber ziemlich lange für eine Gehirnerschütterung«, sagte er nachdenklich. »Meistens reicht eine Woche. Wow, du musst dir den Kopf ziemlich heftig gestoßen haben.«

Ich wusste nicht, was ich sagen sollte. Was wollte er eigentlich von mir hören?

»Woran denkst du?«, fragte Joost.

Woran ich dachte? An meine angebliche Gehirnerschütterung. Sollte ich ihm die Wahrheit sagen? Ich hatte solche Angst, dass er mich dann wie eine heiße Kartoffel fallen lassen würde. Aber ich fand es auch schrecklich, ihn anzulügen.

Sag es!, dachte ich. Jetzt!

»Ich habe nicht nur eine Gehirnerschütterung«, sagte ich langsam, endlich ehrlich. »Da ist noch was anderes.«

Joosts Augen weiteten sich für den Bruchteil einer Sekunde, aber er sagte nichts.

»Es ist eine, äh ... ziemlich lange Geschichte.« Ich fühlte mich nicht so richtig wohl in meiner Haut, als ich ihm von meinen Albträumen erzählte, dem Mann, der mich überfallen hatte, Dr. Eikman, seiner fürchterlichen Diagnose und den Tabletten, die ich nehmen sollte. Ich hörte auf zu reden. Gott, ich fühlte mich wie ein absoluter Idiot, ein Megaloser. Ich hätte mich selbst in den Hintern beißen können, dass ich ihm das alles erzählt hatte. Er starrte mich an, und ich war mir nicht sicher, was er dachte. Ich schaute weg, schämte mich. Vor allem, als ich dann auch noch zu weinen anfing. Dicke Tränen, die mir die Wangen hinabrollten und mir in den Mund liefen.

»Nicht weinen«, sagte Joost ganz lieb. Er nahm meine Hände und drückte einen Kuss darauf. Ich schaute ihm ins Gesicht. Er lächelte mich an, so als wollte er sagen: »Alles wird wieder gut, mach dir keine Sorgen.«

»Ich dachte mir schon, dass da noch mehr ist«, sagte er leise.

»Wieso?«, schluchzte ich.

»So eben, ich hatte so eine Ahnung. Darum bin ich zu dir gekommen. Weil ich mir Sorgen gemacht habe.«

»Glaubst du auch, dass ich verrückt bin?«

»Nein.« Joost hielt mich fest. Er war so lieb, ein richtiger Beschützer.

»Karolin«, sagte er. »Wie heißen die Tabletten, die du schlucken sollst?«

»Keine Ahnung«, murmelte ich. »Ich habe sie dabei. Willst du sie sehen?«

»Ja. Ich studiere schließlich Medizin.«

Aus meiner Jackentasche fischte ich die Tablettenschachtel. »Zweimal am Tag einnehmen«, hatte Dr. Eikman gesagt. In einer halben Stunde musste ich wieder so ein Ding schlucken.

Joost nahm mir die Schachtel ab und hielt sie eine Weile in der Hand. »Cisordinol«, las er vom Etikett ab. Er atmete geräuschvoll aus. »Hilfe, da kriege ich ja Angst. Das ist ziemlich heftiges Zeug. Ein Hammermittel.«

»Ach so.«

Joost sah mich ein paar Sekunden prüfend an und sagte dann: »Nimm die Tabletten nicht mehr.«

Ich dachte erst, ich hätte ihn nicht richtig verstanden. »Was? Ich soll sie nicht mehr nehmen?«

»Ja, hör auf damit. Leute, die verrückt sind, bekommen dieses Medikament verschrieben. Du bist nicht verrückt. Dieser Arzt hat sie nicht mehr alle.«

»Aber seit ich die Tabletten nehme, habe ich nicht mehr von dem Mann geträumt«, schniefte ich. Offensichtlich hatte ich selber angefangen, an Dr. Eikmans Geschichte zu glauben.

»Hör zu, das ist Zufall. Jeder träumt mal komisch. Aber das bedeutet noch nicht, dass du eine Psychose hast.«

»Ist es nicht gefährlich, die Tabletten abzusetzen? Vielleicht kriege ich irgendwelche Nebenwirkungen?«

»Ach, komm, Karolin«, sagte er. »Die Sache ist ganz einfach. Wenn du die Tabletten weiterhin nimmst, wirst du ganz von selbst irre. Der Arzt verschreibt dir mehr Tablet-

ten, vielleicht wirst du sogar in eine Anstalt eingeliefert, und am Ende weißt du nicht mehr, wer du überhaupt bist.« Er schwieg einen Moment. »Oder du nimmst die Tabletten nicht mehr und holst dir die Kontrolle über dein Leben zurück.«

Ich starrte ihn sprachlos an. Joost gab mir das Gefühl, eine Wahl zu haben. Und auf einmal – so schien es mir – war ich eine andere Karolin, die alte Karolin, die wieder wusste, was sie zu tun hatte.

»Wirf sie weg«, sagte ich.

»Super.«

Joost schüttete das Fläschchen im Aschenbecher aus. Glatte, rosa Tabletten zwischen den ausgedrückten Zigaretten und der Asche.

»Das feiern wir. Warte kurz.« Und weg war er. Fünf Minuten später kam er mit einer Flasche und zwei Gläsern zurück.

»Was ist das?«

»Goldwasser.« Joost lachte geheimnisvoll. »In der Flasche sind winzige Goldblättchen. Die schneiden dir ganz leicht in die Zunge, was dazu führt, dass der Alkohol besser aufgenommen wird. Gibt echt einen irren Kick.«

»Darf ich mit den Tabletten überhaupt trinken?«

»Wann hast du die letzte eingenommen?«

»Heute Morgen.«

»Oh, glaub mir, die Tablette ist schon lange abgebaut.«

Joost gab mir ein Glas, das bis zum Rand gefüllt war. Unten im Glas trieben kleine Goldplättchen.

»Auf dass du bald wieder gesund wirst.«

Wir stießen an und tranken die Gläser auf ex. Der Likör

war pappsüß und schmeckte nach Zimt. In meinem Hals flammte ein brennendes Gefühl auf. Das war stark!

Joost nickte mir ermutigend zu. »Wir trinken noch einen«, sagte er.

Ich war in diesem Moment mit allem einverstanden. »Okay«, antwortete ich. Er setzte sich neben mich, so nah, dass ich die Wärme seines Körpers spüren konnte. Ich lächelte, er schenkte unsere Gläser voll und sagte, dass ich lieb sei. Ich lächelte wieder. Joost füllte mein Glas immer wieder auf. Bald schon kam ich mir vor wie an Deck eines schwankenden Schiffes. Ich weiß nicht mehr, wann er begann, meinen Arm zu streicheln. Nach vier Gläsern? Fünf vielleicht? Die Flasche Goldwasser war halb leer. Ich versuchte, ruhig zu atmen. Und dann, ganz langsam, küsste Joost mich. Mein Herzschlag setzte ein paar Schläge aus. Benommen beobachtete ich, wie er sein Shirt auszog. Dann öffneten seine Hände meine Bluse und meinen BH. Er presste sich auf eine Weise an mich, die keinen Zweifel an seinen Absichten ließ.

»Vielleicht ist das nicht so eine gute Idee«, murmelte ich, während Joost mich mit den Fingern kreisförmig am Bauch streichelte, tiefer und tiefer.

Seine Augen kamen mir ganz nah, mit einem dunklen und verständnislosen Ausdruck. »Wieso? Gefällt es dir nicht?«

»Doch, aber ich habe ein klitzekleines bisschen zu viel getrunken.«

Die Wahrheit war, dass ich durch die Mengen an Alkohol in meinem Körper kaum mehr aufrecht sitzen konnte. Ich legte meine Hände auf seine nackte Brust. »Es macht dir doch nichts aus, wenn wir jetzt nicht weitermachen?«

Joost hob mein Kinn mit seinem Finger an und sah mir in die Augen. »Ich verspreche dir, dass es ganz besonders wird. Eine Erfahrung, die du nie vergessen wirst.«

»Ja, aber …«

»Psst.« Er legte mir die Hand auf den Mund. »Sag lieber nichts mehr.«

Mit einem Ruck hob Joost mich hoch und trug mich zu seinem Bett. Ich wusste nicht, dass er so stark war.

»Schließ die Augen und genieß es.«

Joost war so lieb und gab sich so viel Mühe. Ich konnte nicht anders, ich ließ ihn alles machen.

Gott sei Dank brachte Joost mich rechtzeitig wieder nach Hause. Eine Viertelstunde später und meine Mutter hätte auf der Schwelle gestanden. Mein Vater hatte wahrscheinlich nicht mal gemerkt, dass ich weg war. Joost sagte, dass er mich anrufen würde, um sich wieder mit mir zu verabreden. Er sagte, er hätte mich gern. Ich antwortete, dass ich ihn auch sehr lieb hätte, und ich bin mir sicher, dass mein Gesicht flammend rot bis zu den Haarspitzen war. Wir umarmten uns und dann küsste er mich. In meinem Kopf wurde es hell und alles drehte sich. War ich betrunken oder verliebt? Ich denke, beides.

»Ich muss gehen«, murmelte er mir ins Ohr. Ich fand es nicht schön, Abschied zu nehmen. Am liebsten hätte ich noch stundenlang in seinen Armen gelegen. Aber Joost löste unsere Umarmung. Er stieg auf sein Fahrrad und fuhr die Straße hinunter.

»Mach langsam, okay?«, rief er noch und dann verschwand er aus meinem Blickfeld.

Es war vorbei. Ich war wieder zurück. Bloß jetzt ohne Tabletten. War doch auch die richtige Entscheidung? Ich meine, es ist doch nicht gefährlich, einfach mit der Einnahme aufzuhören? Oh Karolin, hör mit dieser Grübelei auf! Dies ist ein Neuanfang. Von jetzt an kann es nur noch bergauf gehen.

Sonntag, 29. Oktober, 10:00 Uhr

Ich habe die Nacht überlebt. Das sehe ich, als ich auf den Wecker neben mir schaue. Es ist zehn Uhr, Sonntag früh. In der Ferne läuten die Kirchenglocken. Sonst ärgere ich mich immer über das endlose Dingdong, aber heute bin ich fast glücklich, es zu hören: Ich lebe noch! Heute Nacht habe ich mich nicht getraut zu schlafen. Während ich auf die Geräusche der Nacht lauschte, musste ich immer wieder daran denken, dass ich allein zu Hause war. Die Polizei glaubte nicht, dass Joost den Brief geschrieben hatte. Aber wer dann? Und wozu war derjenige noch imstande? Wollte er mich umbringen? In meinem Handy hatte ich die Notrufnummer eingespeichert. Ich brauchte nur die grüne Taste zu drücken, wenn etwas passierte. Aber wirklich sicher fühlte ich mich dadurch nicht.

Und dann dachte ich an Karolin. Sie hatte so oft im Dunkeln wach gelegen, mit Todesangst vor dem Mann aus ihren Träumen. Wie hatte der Psychiater bloß sagen können, dass sie eine Psychose hatte? Das konnte unmöglich wahr sein. Denn wenn Karolin eine Psychose hatte, dann war ich auch total irre. Ich fragte mich, woher Karolin die Kraft genommen hatte, ihr Leben weiterzuführen. Ich war schon nach einem Tag in dieser Situation zu einem hilflosen, ängstlichen Häufchen Elend geschrumpft. Was genau war mit Karolin geschehen?, fragte ich mich. Und was geschah jetzt mit mir? Was, was, was, oh, was?

Offensichtlich bin ich heute Nacht über der ganzen Grübelei eingeschlafen. Ich ziehe mir die Bettdecke bis zur Nasenspitze und starre zur Decke. Wie um alles in der Welt soll ich diesen langen, einsamen Sonntag überstehen? Ich bin den Tränen so nahe, dass sie von ganz allein zu laufen beginnen. So liege ich sehr, sehr lange da und spüre, wie meine Augen und mein Hals immer dicker werden.

Als ich fast an meinem Kummer ersticke, geschieht tief in mir etwas Eigenartiges. Es ist, als ob mein Körper plötzlich scharf sieht und ich hellwach bin. Ich setze mich auf und spüre zu meiner Überraschung, dass ich wütend bin. Ich werde nicht schnell wütend. Meistens vergrabe ich meine Gefühle ganz tief unten, damit sie nicht zum Ausbruch kommen können. Aber jetzt fühlt es sich an, als wäre in meinem Körper eine Bombe explodiert. Ich bin auf einmal unendlich wütend. Wütend auf den Mann, der mich gestern Nacht bedroht hat, und auf diesen Polizisten, der mir nicht geglaubt hat. Und ich bin auch wütend auf mich selbst. Die Heulerei bringt mich keinen Schritt weiter. Ich bin, verdammt noch mal, schon mein ganzes Leben lang das Opfer gewesen. Ich darf jetzt nicht zusammenbrechen. Ich muss weitermachen. Für mich. Und für Karolin. Dieses Mal darf ich sie nicht im Stich lassen. Es ist meine Chance, den Abend im August wiedergutzumachen.

Ich steige aus dem Bett. Was jetzt? Ich bin ein ganz kleines bisschen weniger ängstlich, fühle mich aber noch lange nicht sicher, geschweige denn mutig. Ich gehe zum Fenster und ziehe die Gardine auf. Das Sonnenlicht strömt herein. Ich bleibe einen Moment stehen und spüre die Wärme der Sonne auf meinem Gesicht. Irgendwo im Hinterkopf sitzt ein verborgener Gedanke, der wichtig zu sein scheint. Es hat etwas mit Joost zu tun. Und mit unserem Gespräch im *Tresen.* Aber mein Hirn weigert sich, sich daran zu erinnern.

Ich setze mich an meinen Schreibtisch und lege Karolins Tagebuch vor mich hin. Ich blättere zu dem Teil, den ich gestern Abend gelesen habe, und überfliege die Sätze mit den Augen. Joost hatte Karolin abgeholt. Karolin hatte ihm alles über die Träume erzählt. Er wollte ihre Tabletten wegwerfen. Dann küssten sie sich … Auf einmal wusste ich es wieder! Joost hatte mir im *Tresen* erzählt, dass Karolin ihn nicht mehr sehen wollte! Dass sie völlig durcheinander gewesen wäre und er ihr nicht hatte helfen dürfen. Das waren so ungefähr seine Worte gewesen. Er hatte mich angelogen! Und warum hatte er Karolins Tabletten weggeworfen? Ich meine, *ich* weiß, dass Karolin keine Psychose hatte, aber wie um alles in der Welt hatte Joost das so sicher beurteilen können?

Je länger ich darüber nachdenke, desto überzeugter bin ich, dass mein erstes Gefühl mich nicht getrogen hatte: Mit Joost stimmt irgendwas nicht. Aber ich kann unmöglich mit Karolins Tagebuch zur Polizei gehen. Dieser Polizist wartet sicher gerade noch auf mich. Ich muss mehr über Joost in Erfahrung bringen und etwas finden, mit dem ich die Polizei überzeugen kann. Aber wie? Ich weiß nur, dass er Joost heißt und dass er freitagnachmittags Fußballtraining hat. Es gibt nur einen Ort, der mir einfällt, wo ich jetzt hingehen kann. Ich werfe mir schnell ein paar Klamotten über, fahre mir mit dem Kamm durch die Haare und laufe nach draußen, zu meinem Fahrrad.

Im *Tresen* ist es leer und ein bisschen dunkel, als ich hereinkomme. Ich bleibe in der Tür stehen. »Hallo? Ist da jemand?«

Der Kopf eines Jungen erscheint hinter der Theke. Er sieht mich erstaunt an. »Hey, ich habe gar nicht gehört, dass jemand hereingekommen ist. Tut mir leid, aber wir haben noch nicht geöffnet. Erst um zwölf.«

Ich versuche, ihn anzulächeln. »Ach, das macht nichts. Ich will zu Steven. Er ist doch jetzt da?«

»Ja, aber er arbeitet hinten. Wir haben ein Problem mit dem Bierfass. Komm lieber später wieder.«

Der Junge verschränkt die Arme vor der Brust.

Ich verschränke ebenfalls die Arme.

Wir starren uns eine Weile an.

»Es ist ziemlich dringend«, sage ich mit meiner ganzen Überzeugungskraft. »Ich muss ihn jetzt sprechen. Es dauert nicht lange.«

Der Junge seufzt und zuckt mit den Schultern. »Okay. Dann hole ich ihn eben, wenn es wirklich nicht anders geht. Warte hier.«

In der Kneipe riecht es nach Bier und irgendwie modrig. Ich schlendere durch den Raum, vorbei an dem Ständer mit den Gratispostkarten zur Theke. Dort bleibe ich stehen.

»Hey, Eva!«, höre ich auf einmal.

Ich drehe mich um und stehe Auge in Auge mit Steven.

»Was für eine Überraschung! Du warst Freitagnachmittag plötzlich verschwunden. Ich hatte schon befürchtet, dass ich dich nie mehr wiedersehe.« Er blinzelt mir zu. »Was kann ich für dich tun?«

Steven trägt eine Jeans und ein enges weißes T-Shirt. Ich versuche, nicht auf seine Arme zu starren, die braun und muskulös aussehen.

»Ich ... äh... möchte etwas wissen über jemanden, der öfter hierherkommt.«

»Wer ist es denn?«

»Ein Junge. Er heißt Joost. Ich brauche seine Adresse. Oder Telefonnummer.«

»Hm, schade. Ich dachte, du bist meinetwegen hier.«

Ich weiß, dass Steven sieht, wie meine Wangen feuerrot werden.

Er lacht. »Warum setzt du dich nicht? Dann lässt es sich leichter reden. Es sind eh noch keine Gäste da.«

Ich ziehe einen Barhocker heran. Plötzlich ärgere ich mich, weil ich mir nicht mehr Mühe mit meinem Aussehen gegeben habe. Ich sehe so langweilig aus in meiner ausgewaschenen Jeans und dem grauen Kapuzenpulli.

»Willst du was trinken?«, fragt Steven.

»Gern. Cappuccino.«

»Geht klar. Wie hieß der Junge gleich wieder? Joost?«, sagt Steven und schäumt Milch in einem Kännchen auf.

Er schüttelt den Kopf. »Soweit ich weiß, kenne ich keinen Joost.«

»Das ist der Junge, mit dem ich mich Freitag an der Bar

unterhalten habe. Er kommt jeden Freitag mit seiner Fußballmannschaft her.«

Steven setzt sich mit zwei Cappuccinos auf den Hocker neben mir. »Puh, das wird schwierig, normalerweise arbeite ich freitags nämlich gar nicht. Hilf mir mal auf die Sprünge, wie sieht Joost denn aus?«

»Dunkle Haare, Locken, blaue Augen. Ich schätze mal, dass viele Mädchen finden, dass er gut aussieht.«

»Und du auch?« Steven sieht mich grinsend an.

»Äh ... einigermaßen. Er ist nicht mein Typ.« Ich weiß genau, dass meine Wangen inzwischen dunkelviolett sind.

»Hat er einen Dreitagebart?«

Ich nicke heftig.

»Ich glaube, dann weiß ich, wen du meinst. Aber ich kenne ihn nicht. Warum bist du eigentlich auf der Suche nach ihm, wenn ich fragen darf?«

Soll ich Steven einweihen? Es erscheint mir vernünftiger, ihm nichts zu erzählen.

»Meine Freundin ist in ihn verliebt«, sage ich schließlich. »Ich versuche, ihr ein bisschen zu helfen.«

»Ah.« Er sieht mich erstaunt an. »Du willst die beiden verkuppeln?«

»Äh ... so in der Art.«

Steven schweigt einen Moment und denkt nach. »Vielleicht weiß Robert etwas über Joost.«

»Robert?«

»Ja, das ist der Junge, mit dem du gerade gesprochen hast. Er arbeitet immer am Freitag. Ich frage ihn gleich mal. Hast du noch einen Moment?«

Steven verschwindet durch eine Tür neben der Theke.

Nach ein paar Minuten kommt er grinsend zurück. »Bingo. Robert kennt seine Exfreundin. Sie heißt Nicole Schouten. Und sie wohnt in einer Studentenwohnung am Strand West. Sie kann dir bestimmt mehr über Joost erzählen.«

»Danke schön.«

»Gern geschehen.« Er nimmt meine Hand und drückt sie.

»Sag mal, wollen wir uns vielleicht mal verabreden? Wenn du nicht gerade hinter anderen Männern her bist?« Steven schweigt ein paar Sekunden und sagt dann: »Hast du eigentlich heute Abend schon was vor?«

Mir klopft das Herz bis zum Hals, so schnell, dass es mich völlig aus der Fassung bringt. Steven sieht mich freundlich und interessiert an. Er meint es ernst! Er will sich wirklich mit mir treffen! Wie ist es möglich, dass ich – gerade jetzt, wo mein Leben ein totaler Trümmerhaufen ist – einem Jungen gefalle?

»Ich habe für heute Abend noch keine Pläne«, sage ich so ruhig wie möglich.

»Wollen wir uns hier treffen? So um acht? Dann habe ich Schluss.«

Ich kann nur noch nicken.

Wir lächeln beide.

»Leider muss ich jetzt wieder was tun«, sagt Steven und schaut auf die Uhr. »Sonst kriege ich Ärger mit Robert.«

»Ja, ja, klar«, stammele ich. »Ich, äh ... muss auch weiter. Bis heute Abend.«

»Ich freue mich drauf.« Steven drückt mich kurz an sich. Es dauert nur ein paar Sekunden, aber als ich nach draußen gehe, fühlen sich meine Beine an wie Kaugummi.

Sonntag, 29. Oktober, 12:30 Uhr

Ich kann nicht aufhören zu grinsen, als ich vom *Tresen* wegfahre. Ich habe eine Verabredung mit Steven! Und ich habe noch dazu den Namen von Joosts Exfreundin! Wird das heute doch noch ein guter Tag? Ich beschließe, direkt zum Strand West zu radeln. Letzten Sommer bin ich dort einmal mit Hanna und Marjolein gewesen. Strand West ist ziemlich angesagt. In diesem Stadtteil trifft man vor allem Leute um die zwanzig, die teure Cocktails trinken. Eigentlich habe ich mich damals dort nicht wirklich wohlgefühlt. Ich erinnere mich, dass neben dem großen Parkplatz ein paar Wohnblocks standen. Wahrscheinlich wohnt Nicole Schouten dort. Strand West liegt am Rand von Amsterdam in einem Industriegebiet. In diese Gegend komme ich sonst nie, es ist ein ganz schönes Stück mit dem Fahrrad.

Ich bremse an einer roten Ampel. Hinter mir hupt ein Auto. Ich blicke verärgert über die Schulter. In diesem Moment sehe ich den Mann. Er sitzt auf einem Fahrrad, ein wenig versteckt hinter der Schlange wartender Autos, und hält den Kopf gesenkt. Ich kann sein Gesicht nicht erkennen. Es kann sein, dass er zufällig hinter mir steht, aber etwas sagt mir, dass es kein Zufall ist. Mit seiner schwarzen Regenjacke, dem Baseballcap und der Sonnenbrille hat der Mann etwas Verdächtiges an sich.

Die Ampel springt auf Grün. Ich fahre so schnell ich kann los. Hoffentlich fährt der Mann in eine andere Richtung. Ich trete heftig in die Pedalen. Am Ende der Marnixstraat blicke ich wieder über die Schulter. Verdammt, der komische Typ fährt immer noch hinter mir her. Leicht nervös fahre ich schneller. Ich ignoriere eine rote Ampel und biege in die nächstbeste Seitenstraße ein. Ohne dabei langsamer zu werden, drehe ich mich um. Der Mann ist ebenfalls in die Seitenstraße gefahren. Auf einmal bin ich mir sicher: Ich werde verfolgt! Ich fahre noch schneller. Die Gestalt hinter mir beschleunigt ebenfalls. Angst schnürt mir die Kehle zu und ich bekomme kaum noch Luft. Ich biege scharf nach links ab.

Eine blöde Entscheidung, ich lande nämlich in einer verlassenen kleinen Straße. »Hilfe!«, rufe ich, aber hier sind keine Menschen, die mich hören könnten. Ich ignoriere mein Seitenstechen und rase über den Asphalt. Auf einmal endet der Radweg. Ich bremse scharf und stehe vor einem Abhang. Was soll ich tun? Fünf Meter tiefer verläuft ein anderer Radweg, parallel zum Kanal. Der Abhang ist ziemlich steil. Ich werfe einen Blick zurück und sehe meinen Verfolger immer näher kommen. Umkehren ist keine Alternative. Ich holte tief Luft, halte den Lenker ganz fest und fahre hinunter. Holperig rolle ich über die Steine, schneller und schneller. Ein Ast streift mein Gesicht und ich muss einem Baum ausweichen. Mein Hinterrad gerät ins Schleudern und ich verliere die Gewalt über den Lenker. Mit einem dumpfen Schlag lande ich auf dem Radweg. Ich rappele mich auf und packe mein Fahrrad. Meine Jeans ist kaputt gerissen und ich spüre ein brennendes Gefühl in den Knien und Handflächen. Ich blicke hoch. Dort oben steht der Mann. Unbeweglich starrt er mich an.

Ich werde nicht warten, ob er mir folgt. Ich springe auf mein Rad und rase wie der Blitz davon. Am Kanal entlang, über eine Brücke, auf eine stark befahrene Straße. Ich habe keine Ahnung, wo ich bin, und hoffentlich hat der Mann meine Spur ebenfalls verloren. Mein Atem pfeift und nach etwa zehn Minuten wage ich es endlich, anzuhalten. Zitternd stütze ich mich auf meinen Lenker. Ein Strom von Rädern und Autos fährt an mir vorbei, aber mein Verfolger ist nirgends zu sehen. Ich warte noch ein paar Minuten, bis ich sicher bin, dass er mir nicht gefolgt ist. Kurz überlege ich, nach Hause zu fahren. Aber mir ist klar, dass das wahrscheinlich genau das ist, was der Mann will. Es ist wirklich enorm wichtig, dass ich Joosts Ex so schnell wie möglich spreche. Ich muss das jetzt durchziehen, ohne Angst zu zeigen, ohne nachzudenken.

Eine halbe Stunde später stehe ich endlich am Strand West. Ich schließe mein Fahrrad an einen Baum. Mir tun immer noch die Knie weh und ich klopfe mir etwas Dreck von der Jeans. Im Sommer ist es am Strand West brechend voll. Jetzt wirkt alles verlassen und ein bisschen trostlos. Ich überquere den Parkplatz und gehe zum ersten Wohnblock. Auf den Klingelschildern sehe ich keine Nicole Schouten. Beim zweiten Wohnblock habe ich mehr Glück. In Nummer 23 wohnt eine Nicole Schouten. Ich klingele und nach ein paar Sekunden höre ich durch die Gegensprechanlage eine Mädchenstimme. »Wer ist da?«

»Äh ... Eva Nieboer. Wir kennen uns nicht, aber mir hat jemand im *Tresen* deinen Namen gegeben. Könnte ich dich kurz sprechen?«

Kurze Stille. »Weswegen?«

»Das ist eine lange Geschichte. Darf ich hochkommen?«

»Jetzt?«

»Es ist wichtig. Bitte!«, bettele ich.

Ich höre durch die Gegensprechanlage ein tiefes Seufzen. »Also gut. Aber ich bin auf dem Sprung und habe nur ein paar Minuten.«

Der Summer geht und ich drücke die Tür auf. Ich nehme den Lift in den zweiten Stock und laufe den Gang entlang zu Nummer 23. Die Tür öffnet sich schon, bevor ich da bin. Ein etwa zwanzigjähriges Mädchen steht in der Tür. Sie hat lange braune Haare und blaue Augen. Irgendwie sieht sie ein bisschen aus wie Karolin.

»Nicole Schouten?«, frage ich.

»Ja.«

Ich strecke meine Hand aus. »Hi, ich bin Eva Nieboer. Schön, dass ich hochkommen durfte.«

Nicole schüttelt mir die Hand, aber nicht besonders herzlich.

»Worüber willst du mit mir sprechen?«

»Du bist doch die Exfreundin von Joost?«

»Ja.« Sie sieht mich misstrauisch an. »Sorry, aber ich habe keine Lust, über ihn zu reden.« Die Tür ist schon halb geschlossen. »Warte«, rufe ich und stelle einen Fuß in die Tür. »Es ist sehr wichtig. Meine Freundin ist tot. Und ich glaube, dass Joost etwas damit zu tun hat.«

Sie sieht mich geschockt an. »Das ist nicht dein Ernst.«

»Es tut mir leid«, sage ich. »Ich überfalle dich damit. Aber ich weiß einfach nicht mehr, was ich machen soll. Würdest du mich bitte reinlassen?«

Die Tür geht wieder auf. »Also gut. Komm rein.«

Ich betrete den Flur. Nicole geht mir voraus ins Wohnzimmer. Ich setze mich aufs Sofa und sehe mich um. An der

Wand hängen Fotos einer lachenden Nicole. Ich suche Joosts Gesicht, aber ich kann ihn auf den Fotos nicht entdecken.

»Möchtest du was trinken?«, fragt sie.

»Nein, danke.«

Nicole setzt sich mir gegenüber auf einen Stuhl und sieht mich prüfend an. »Es tut mir leid, dass ich gerade so unfreundlich war. Aber Joost Verheijen ist nicht gerade mein Lieblingsthema. Nimm dich lieber vor ihm in Acht. Er ist kein netter Junge.«

»Wieso?«

Sie starrt einen Moment aus dem Fenster. »Tja, wie soll ich das jetzt erklären? Im April bin ich mit ihm zusammengekommen. Die ersten Wochen waren großartig. Ich meine, Joost sieht gut aus und er kann sehr charmant sein. Aber nach und nach begann er, sich zu verändern. Er wurde aggressiv. Er konnte ohne Grund wütend werden. Und ich musste Dinge für ihn tun, die ich eigentlich nicht wollte.« Nicole holte sich ein Glas Wasser und nahm einen großen Schluck. »Dinge im Bett ... Wenn ich keine Lust hatte, gab es Streit. Im August habe ich dann Schluss gemacht.«

August? Das war ein Monat bevor Karolin ihm im Oosterpark begegnet war.

»Warum hast du Schluss gemacht?«, fragte ich gespannt.

»Weil er mich geschlagen hat. Und zwar ziemlich heftig.«

Ich sehe sie erschrocken an.

»Schwer zu glauben, nicht wahr?« Sie nimmt noch einen Schluck Wasser. »Wir sind nach einem Abend, an dem wir viel getrunken hatten, nach Hause gekommen. Joost war sauer, weil ich eine Weile mit einem anderen Jungen geredet hatte. Ich sagte ihm, dass er sich nicht so anstellen sollte. Und dann hat er mich geschlagen. Mit der Faust. Meine Nase hat geblutet und ich bin sofort abgehauen.«

»Wie grauenvoll«, sage ich. In mir steigt eine fast körperliche Abneigung gegen Joost hoch.

»Ja«, sagt Nicole seufzend. »Er hat mich noch wochenlang gestalkt und nachts angerufen. Ihm wurde polizeilich untersagt, sich mir zu nähern. Es stellte sich sogar noch heraus, dass Joost vorbestraft war, weil er seiner letzten Freundin den Kiefer gebrochen hatte. Ich habe ihn jetzt seit anderthalb Monaten nicht mehr gesehen. Wahrscheinlich hat er inzwischen ein neues Mädchen gefunden.«

»Das war Karolin Simonsen, meine Freundin.« Ich versuche, die Angst, die mich plötzlich überkommt, nicht durchklingen zu lassen. »Und sie ist jetzt tot.«

Nicole stellt ihr Glas ab. »Das hast du eben schon gesagt. Aber warum bist du dir so sicher, dass Joost etwas mit ihrem Tod zu tun hat? Er ist gestört und gewalttätig, aber ein Mörder? Das kann ich mir nicht vorstellen.«

»Warte ab, bis du die ganze Geschichte kennst.«

»Erzähl.«

Ich erzähle ihr alles. Nicoles Gesicht wird immer besorgter. Als ich bei dem Drohbrief und der wilden Verfolgungsjagd auf dem Fahrrad angekommen bin, bleibt ihr der Mund offen stehen.

»Oh Gott. Das gibt es doch gar nicht!«, ruft sie. »Du glaubst, Joost hat dich heute Nachmittag verfolgt?«

»Es könnte sein.«

Wir sehen uns an.

»Er ist noch irrer, als ich dachte«, sagt Nicole. »Du musst zur Polizei gehen. Stell dir vor, dir passiert auch etwas.«

»Ich war doch schon bei der Polizei. Sie haben mir nicht geglaubt. Darum habe ich selbst angefangen zu recherchieren.« Ich lächele vorsichtig. »Mit diesen neuen Informationen über Joost müssen sie mich eigentlich ernst nehmen.«

Nicole nickt. »Warte mal«, sagt sie plötzlich. »Wann haben die komischen Träume von deiner Freundin noch mal angefangen?«

»Äh ... irgendwann im August, wieso?«

Sie atmet geräuschvoll aus. »Das ist nicht logisch. Da hatte sie doch noch nichts mit Joost.«

Ich starre sie entgeistert an. Dass mir das noch gar nicht aufgefallen war! Karolin hat Joost im August noch nicht gekannt. Ich lasse mich in die Sofakissen fallen. »Das ist allerdings merkwürdig«, sage ich leise. Mehr weiß ich nicht zu sagen. Mit einer einzigen Bemerkung hat Nicole meine wasserdichte Theorie komplett zunichtegemacht.

»Ach, dafür gibt es garantiert eine gute Erklärung.« Für Nicole scheint es kein schwerwiegendes Argument zu sein. »Vielleicht hatte Joost sie schon früher im Auge. Aber das muss dann die Polizei herausfinden.«

Nicoles Handy klingelt. Sie sieht mich entschuldigend an. »Das ist meine Verabredung. Tut mir leid, aber ich muss weg. Ich bin schon eine halbe Stunde zu spät dran.«

»Kein Problem«, sage ich. »Du hast mir unglaublich geholfen.«

Wir gehen zusammen zum Parkplatz. Nicole öffnet die Tür zu einem roten Auto. »Willst du mitfahren?«, fragt sie. »Ich kann dich irgendwo in der Stadt absetzen.«

»Danke, aber ich bin mit dem Fahrrad.«

Nicole umarmt mich, als wären wir Freundinnen. »Sei vorsichtig.« Dann steigt sie ein und fährt hupend davon. Ich bleibe allein auf dem Parkplatz zurück und blicke mich um. Alles wirkt normal. Aber zur Sicherheit beschließe ich, einen Weg nach Hause zunehmen, auf dem viel Verkehr ist und viele Leute unterwegs sind. Beim Fahrradfahren versuche ich, meine Gedanken zu sortieren. Es war ein bizarrer Nachmittag. Ich bin verfolgt worden, und ich habe von Nicole erfahren, dass Joost aggressiv und gewalttätig ist. Genug Fakten, um die Polizei zu überzeugen, oder etwa nicht? Trotzdem schwirrt mir Nicoles Bemerkung durch den Kopf: Karolin kannte Joost noch nicht, als ihre komischen Träume anfingen. Ich habe das Gefühl, dass ich irgendwas übersehen habe. Aber was? Ach, ich könnte mich schütteln. Ich beschließe, morgen früh zusammen mit meiner Mutter zur Polizei zu gehen. Dann muss mir dieser Polizist einfach zuhören. Heute Nachmittag lese ich in Karolins Tagebuch weiter. Wer weiß, vielleicht finde ich dort noch mehr seltsame Dinge über Joost heraus.

Dienstag, 26. September

Das war ein sehr seltsamer Tag. Manchmal habe ich das Gefühl, dass mein Leben nie länger als ein paar Tage glattlaufen kann, dann bricht es wieder gnadenlos in Stücke. Seit Freitag habe ich mich sehr viel besser gefühlt. Klarer, fröhlicher, mit mehr Energie. Gerade so, als hätte ich mich selbst wiedergefunden, seit ich die Tabletten nicht mehr schlucke. In den letzten Tagen ist es sogar mal vorgekommen, dass ich dachte, alles wird wieder gut. Joost ist auch total lieb. Er hat mich in den letzten Tagen oft angerufen oder mir eine SMS geschickt und ich treffe ihn am Freitag wieder, aber gut, das ist eine andere Geschichte.

Heute Morgen war noch alles bestens. Um elf Uhr hatte ich einen Termin bei Dr. Eikman. Mama wollte mitkommen, aber ich sagte ihr, dass ich lieber alleine gehen wolle. Dass meine Mutter sich ständig einmischt, wird mir einfach zu viel. Natürlich passte ihr das nicht. Für eine Sekunde dachte ich sogar, dass sie wütend werden würde. Aber das geschah nicht. »Prima«, sagte sie stattdessen ganz ruhig. »Wenn du nicht zu lange wegbleibst!«

Dr. Eikman saß kerzengerade hinter seinem Schreibtisch, als ich das Zimmer betrat. Er lächelte und sagte, dass ich mich aufs Sofa setzen solle.

»Du siehst etwas besser aus«, sagte er.

»Die Tabletten helfen gut«, log ich.

»Schön. Dann machen wir noch eine Weile damit weiter.«

Wenn der wüsste!, dachte ich.

Dr. Eikman schrieb etwas in meine Akte und fragte dabei: »Hast du noch mal schlecht geträumt?«

»Nein.«

Ehrlich gesagt hatte ich davor ziemliche Angst, nachdem ich aufgehört hatte, die Medizin zu schlucken. Aber der unheimliche Mann war Gott sei Dank nicht wieder aufgetaucht.

»Wie fühlst du dich sonst?«, fragte er.

»Viel wacher.«

»Hervorragend.«

Dr. Eikman lächelte. Ich auch.

Wir unterhielten uns noch etwas über meine Stimmungen und dann fragte er nach meinem Vater. Wie es mit seinen Depressionen aussähe. Und wie die Lage zu Hause wäre. Ich rutschte ein bisschen unbehaglich auf dem Sofa herum.

»Geht schon«, antwortete ich.

»Erzähl mal genauer«, sagte Dr. Eikman, offensichtlich nicht zufrieden mit meiner Antwort.

Schließlich erzählte ich ihm, dass es meinem Vater nicht besonders gut ginge. Und dass ich mir wegen der Situation zu Hause keinen Rat wüsste.

»Wie meinst du das?« Dr. Eikman sah mich prüfend an.

Ich schluckte schwer. »Mein Vater starrt den ganzen Tag schweigend vor sich hin. Und manchmal bricht er so aus dem Nichts in Tränen aus. Ich weiß einfach nicht, wie ich darauf reagieren soll, verstehen Sie?«

»Weiß dein Vater, dass du so denkst?«

»Nein. Ich traue mich nicht, mit ihm darüber zu reden.«

»Bist du wütend auf ihn?«

Uff, Dr. Eikman machte immer weiter mit seinem Kreuzverhör.

»Ja, nein, ich meine ... ich fühle mich im Stich gelassen.«

»Warum?«

Ich zuckte hilflos mit den Schultern. »Wir hatten früher so ein gutes Verhältnis. Er war immer für mich da. Jetzt kann ich froh sein, wenn er nicht vergisst, Guten Morgen zu mir zu sagen.«

»Und deine Mutter?«

»Die will nur über mich bestimmen. Und jetzt, wo ich krank bin, schon überhaupt.« Meine Augen begannen zu brennen. »Ich wünschte, mein Vater wäre wieder normal. Dass alles wieder normal wäre …«

Dann verstummte ich, denn ich hatte auf einmal das Gefühl, meinen Vater zu verraten, indem ich all das sagte. Mir wurde schrecklich heiß.

Vielleicht wusste Dr. Eikman, was ich dachte, denn er sagte: »Karolin, für Angehörige sind Depressionen eine schwere Belastung. Das kann zu Gefühlen von Einsamkeit, Schuld und Machtlosigkeit führen. Du musst dir klarmachen, dass dein Vater sehr krank ist. Er wäre sicher gerne für dich da, aber er kann es nicht. Und du kannst nichts daran ändern. Es ist sein Kampf. Genauso, wie es auch dir aus dir selbst heraus wieder besser gehen muss.«

Meine Lippen zitterten und ich nickte.

Dr. Eikman lächelte und sagte überraschend freundlich: »Ihr macht als Familie eine schwierige Zeit durch. Aber es wird alles gut, glaube mir.«

Plötzlich begann ich, fürchterlich zu schluchzen. Ich schämte mich wirklich zu Tode. Wahrscheinlich war ich nicht der erste Patient, der in Tränen ausbrach, denn Dr. Eikman zauberte innerhalb von Sekunden eine Box Taschentücher zum Vorschein.

»Ich bin froh über deine Offenheit«, sagte er. »Beim nächsten Mal möchte ich gern über die Beziehung zu deiner Mutter reden.«

Und dann war die Stunde um.

Und ich stand wieder draußen.

Mit verquollenen Augen, laufender Nase und brennenden Wangen.

Ich musste mich erst fünf Minuten auf die Stufen vor seiner Praxis setzen und mich beruhigen, bevor ich mich auf mein Rad setzen konnte.

Aber ich fuhr nicht nach Hause, wie ich es meiner Mutter versprochen hatte. Sie hätte mich wahrscheinlich stundenlang über die Sitzung bei Dr. Eikman ausgequetscht und dazu hatte ich keine Lust. Ich beschloss, kurz bei Puck vorbeizufahren. Sie hatte mir so viele SMS geschrieben und mich angerufen und ich hatte so wenig von mir hören lassen. Jetzt wünschte ich mir, ich wäre doch nach Hause gefahren. Aber woher hätte ich denn auch wissen sollen, dass ich mit Puck Streit kriegen würde ...

Gegen halb eins stand ich vor Pucks Haus. Dienstags haben wir nur bis zwölf Uhr Schule, also musste sie eigentlich zu Hause sein. Ich lehnte mein Fahrrad an einen Laternenpfahl und zog mein Handy heraus. Grinsend drückte ich auf die Telefonnummer hinter Pucks Namen. Ich ärgerte mich furchtbar, als ihre Mailbox dranging. Ich wartete kurz und versuchte es dann noch mal. Vielleicht lag ihr Handy in ihrer Tasche ganz unten oder so. Gerade als ich auflegen wollte, ging sie plötzlich dran.

»Karolin!«, rief Puck. »Wie schön, dass du anrufst! Wie geht es dir?«

Ich musste fast heulen, als ich ihre Stimme hörte, so sehr hatte ich sie vermisst.

»Hmm, es geht«, antwortete ich.

»Zum Glück. Wir haben uns ganz schön Sorgen gemacht.

Mit einer Gehirnerschütterung ist nicht zu spaßen. Ich dachte, dass …«

»Sag mal«, fiel ich ihr ins Wort. »Wo bist du gerade?«

»Äh … zu Hause. Wieso?«

»Guck mal aus dem Fenster.«

»Warum?« Puck klang von Sekunde zu Sekunde erstaunter.

»Jetzt mach einfach.«

Ich blickte zu ihrem Zimmerfenster hoch und Pucks Kopf erschien. Ich lachte und winkte.

Das Telefon schwieg.

»Puck? Hallo? Bist du noch da?«

»Karolin? Was tust du hier?«

»Überraschung! Ich war in der Nähe.« Ich zeigte auf die Tür. »Jetzt mach mal auf, Döskopp.«

»Ja, ja, klar. Ich komme schon.«

Pucks Kopf verschwand und gleich darauf hörte ich Gepolter und Schritte. Die Tür flog auf. Ich hatte mir vorgestellt, dass mir Puck um den Hals fliegen würde, aber sie sah mich nur an. Und ich sie. Sie trug ein unglaublich cooles Outfit: einen weiten Rock, darunter eine Leggings und schwarze Stiefeletten. Eigentlich sah sie aus, als wäre sie auf dem Weg in die Disco, und nicht, als käme sie gerade aus der Schule. Na ja, jedenfalls ein bisschen.

Ich machte als Erste einen Schritt auf sie zu und dann Puck und dann umarmten wir uns.

»Ich habe dich so schrecklich vermisst«, sagte ich.

»Ich dich auch«, murmelte Puck. »Ich habe dich viel zu lange nicht gesehen.«

Wir gingen in Pucks Zimmer. Ich setzte mich auf einen

Stuhl und Puck warf sich aufs Bett. Alles war noch genau so wie beim letzten Mal, als ich hier war: Die unzähligen Fotorahmen hingen immer noch an der Wand, die Papierstapel auf ihrem Schreibtisch lagen am selben Platz und noch immer waren Colaflecken auf dem Teppichboden. Trotzdem fühlte es sich anders an als sonst. Lag das an Pucks prüfendem Blick? Oder war ich nach meiner Sitzung bei Dr. Eikman bloß ein bisschen angespannt?

»Ist deine Gehirnerschütterung komplett überstanden?«, fragte Puck.

»Äh … tja, hm, es ging mir schon mal besser. Aber das Schlimmste habe ich zum Glück hinter mir.«

Irgendwann, irgendwann, irgendwann würde ich ihr die Wahrheit sagen. Ich schwöre es. Aber in diesem Moment in Pucks Zimmer konnte ich es einfach nicht.

»Schön.« Puck kaute auf ihrer Lippe. »Wann darfst du wieder in die Schule? Ich habe heute gerade mit Nora und Julia darüber geredet. Es ist so langweilig ohne dich.«

Das tat mir gut. »Ich bin echt ziemlich angeödet. Hoffentlich darf ich bald wieder zur Schule, aber der Arzt hat dazu noch nichts gesagt.«

Wir redeten noch ein bisschen über die Schule. Puck erzählte, dass sie für die Prüfungswoche im Oktober fleißig lernte. Ich nickte. Schule, Tests, Prüfungen, das erschien mir wie etwas von einem anderen Planeten. Ich konnte mir kaum noch vorstellen, dass ich mir deswegen je Stress gemacht hatte. Dann erzählte Puck von Julias neuem Freund. Irgendwann mitten in ihrer Geschichte fragte ich plötzlich: »Wie geht es eigentlich Noah?«

Puck zog für den Bruchteil einer Sekunde die Augenbrauen hoch. Es war nur ein kurzer Moment, aber es war eindeutig, dass sie meine Frage eigenartig fand.

»Oh, ganz gut, glaube ich«, sagte sie.

Eigentlich war das nicht das, was ich hören wollte. Aber dann dachte ich sofort wieder: Reiß dich zusammen, Karolin, es ist aus. Sei froh, dass es Noah gut geht.

Aber trotzdem konnte ich es nicht lassen und sagte: »Er hat mich nicht angerufen, seit ich krank bin. Findest du das nicht komisch?«

»Ehrlich gesagt, nein«, sagte Puck und musste lachen. »Ich würde es eher komisch finden, wenn er dich angerufen hätte. Ihr seid nicht gerade als Freunde auseinandergegangen. Wie läuft es eigentlich mit dir und Joost? Immer noch verliebt?«

»Ja«, antwortete ich, ohne weiter darauf einzugehen. »Sag mal, hat Noah schon eine andere?«

Puck seufzte. »Ich glaube nicht. Jedenfalls nicht, dass ich wüsste.« Sie zuckte mit den Schultern. »Und wenn schon, was würde das ausmachen? Er ist schließlich dein Ex.«

Jetzt, wo ich unser Gespräch niederschreibe, merke ich, dass dies der Moment war, an dem Puck ein bisschen ärgerlich wurde. Ich erkannte das bloß nicht. Nein, ich machte es sogar noch schlimmer, indem ich rief: »Noah hat also doch eine Neue! Ich sehe es an deinem Blick. Habe ich recht? Du verheimlichst mir etwas, stimmt's?«

Diese Bemerkung kam nicht gut. Es entstand eine tödliche Stille.

»Natürlich nicht«, sagte Puck schließlich. »Wie kommst du bloß darauf, dass ich dir etwas verheimliche?«

»Weil du Angst hast, dass ich das nicht packe. Aber es

macht mir wirklich nichts aus!«, rief ich cooler, als ich mich fühlte. »Jetzt sag schon, wer ist es? Vielleicht dieses blonde Mädchen aus der Parallelklasse? Fleur heißt sie, oder?«

»Mensch, Karolin!«, schnauzte Puck. »Nimm eine Tablette oder so. Aber hör um Gottes willen mit diesem hysterischen Getue auf. Noah hat niemanden. Wie oft soll ich dir das noch sagen? Du führst dich auf wie eine frustrierte Irre.«

Sprachlos starrte ich sie an. Ich war zutiefst beleidigt. Aber Puck war mit ihrer Predigt noch nicht fertig. Sie kniff ihre Augen halb zusammen und sagte dann kühl: »Vielleicht solltest du dich lieber an den Gedanken gewöhnen, dass er irgendwann wieder eine neue Freundin hat. Noah wird sicher nicht für immer um dich trauern. Sein Leben geht auch ohne dich weiter.«

Dann stand sie auf. »Ich muss gehen. Ich habe einen Termin beim Friseur. Tut mir leid.«

»Oh, okay.« Ich stand auch auf. Blieb mir eine andere Wahl?

Puck nahm ihre Tasche und machte sich etwas Lipgloss auf die Lippen. »Wollen wir noch schnell was ausmachen? Vielleicht können wir bald mal wieder mit Nora und Julia was trinken gehen?«

Ich hätte sie am liebsten angeschrien: »Warum bist du so komisch?« Aber ich sagte: »Das klingt gut.« Auf einmal war ich mir sicher, dass ich gleich heulen würde. Ich biss mir auf die Lippe und ging hinter Puck her nach draußen.

»Fährst du ein Stück mit?«, fragte ich.

»Tut mir leid, ich muss in die andere Richtung«, sagte Puck. »Wir telefonieren, okay?« Sie stieg auf ihr Fahrrad

und fuhr weg. Ich sah ihr nach, bis sie verschwunden war. Dann brach ich in Tränen aus. Puck und ich hatten uns noch nie gestritten. Vielleicht hätte ich mich weniger elend gefühlt, wenn sie es auch schlimm gefunden hätte. Aber Puck hatte so getan, als wenn nichts wäre.

Schluchzend fuhr ich durch die Stadt. Ich kam am Vondelpark vorbei und fuhr hinein. An einer Bank hielt ich an und setzte mich darauf. Ich starrte bestimmt eine halbe Stunde geistesabwesend vor mich hin. Ich benahm mich schon wie mein Vater.

Wahrscheinlich hätte ich den Mann nie gesehen, wenn nicht hinter mir ein Kind angefangen hätte zu heulen. So blickte ich mich um und sah ihn. Halb versteckt hinter einem Baum. In etwa zehn Metern Entfernung. Mit einer langen schwarzen Jacke und einer Mütze, die bis über die Augen gezogen war. Als er merkte, dass ich ihn sah, drehte er sich um und verschwand zwischen den Bäumen.

Hatte der Kerl dort zufällig gestanden oder nicht? Mein Gott, jetzt fantasierte ich schon von Männern, die mich im Park verfolgten. Es war wohl besser, jetzt nach Hause zu gehen. Beim Fahrradfahren glaubte ich ab und zu, den Mann aus den Augenwinkeln zu sehen. Aber ich war mir nicht sicher. Ich sagte zu mir selbst: Ganz ruhig Karolin, natürlich wirst du nicht verfolgt. Trotzdem war ich froh, als ich die Haustür hinter mir zuzog. Auch wenn meine Mutter total stinkig war, weil ich so spät nach Hause kam. Alles in allem ein sehr bescheidener Tag ...!

Freitag, 29. September, 14:30 Uhr

Bin fix und fertig. Ich habe gerade wieder den seltsamen Mann gesehen! Das kann kein Zufall mehr sein. Ich habe ihn entdeckt, als ich gerade heimlich eine Zigarette in meinem Zimmer rauchen wollte. Ich hatte das Fenster weit geöffnet und mich schon fast umgedreht, als ich plötzlich etwas wahrnahm. Eine Silhouette auf der anderen Straßenseite mit schwarzer Jacke und Mütze. Mir blieb fast das Herz stehen. Der Mann sah mich an. Das spürte ich, auch wenn ich seine Augen durch die riesige Sonnenbrille, die er trug, nicht sehen konnte. Geh weg, geh weg, dachte ich. Aber der Typ blieb unbeweglich stehen. Ich zog die Gardine zu und lehnte mich zitternd an die Wand. Erst zwanzig Minuten später traute ich mich, wieder zu gucken. Zum Glück war der Mann verschwunden. Was soll ich tun? Jetzt träume ich nicht mehr von Freaks, sondern sehe sie in natura im Park oder auf der Straße! Werde ich verrückt? Ich halte das nicht mehr aus. Rufe gleich mal Joost an, ob wir uns heute Nachmittag früher treffen können. Wir sind um vier Uhr bei ihm zu Hause verabredet. Aber dies ist ein Notfall. Hoffentlich kann er mir sagen, was ich tun soll.

Samstag, 30. September

Meine Verabredung mit Joost gestern ist nicht ganz so gelaufen, wie ich sie mir vorgestellt hatte. So langsam kriege ich mit all meinen Freunden Streit … Bald ende ich noch wie Kevin – Allein zu Haus.

Als ich Joost gestern am Telefon gefragt habe, ob wir uns schon früher treffen könnten, hat er sehr lieb reagiert.

»Komm, wann immer du Lust hast. Ich bin zu Hause.«

Ich sagte zu meiner Mutter, dass ich eine Runde spazieren gehen wollte. Gott sei Dank machte sie dieses Mal keinen Stress. Misstrauisch schloss ich mein Fahrrad auf. Ein Müllmann schlenderte auffallend langsam den Fußweg entlang, unser übernächster Nachbar stand einfach so in seinem Vorgarten und auf der anderen Straßenseite parkte ein Auto ein, ohne dass jemand ausstieg. Alles erschien mir auf einmal auffällig und verdächtig.

Ich raste, so schnell ich konnte, zu Joost, während ich ängstlich die Umgebung im Auge behielt. Keuchend und verschwitzt kam ich an.

»Hi«, sagte Joost, als er die Tür öffnete. »Hast du es aber eilig. Wir haben doch erst vor zehn Minuten telefoniert!«

»Ich musste *dich sehen«, murmelte ich.*

»Willst du was trinken?«

»Äh … nein. Wollen wir gleich in dein Zimmer gehen?«

»Na, na, du lässt aber nichts anbrennen.« Er zwinkerte mir zu. »Ich mag es, wenn Frauen so sind.«

Wir gingen nach oben. »Es ist etwas Schreckliches passiert«, brach es aus mir heraus, noch bevor wir richtig in seinem Zimmer angekommen waren.

»Hmm«, brummte Joost, machte die Tür zu und ging zu seiner Stereoanlage. »Was denn?«

Ich holte tief Luft und sagte: »Seit Dienstag werde ich von einem merkwürdigen Mann verfolgt. Ich habe ihn jetzt schon zwei Mal gesehen. Einmal im Vondelpark. Und heute Nachmittag stand er auf einmal bei mir vorm Haus.«

Joost wühlte in einem Stapel CDs und sah mich dabei abwesend an. »Äh ... entschuldige, was hast du gesagt? Verfolgt? Von einem Mann?«

»Ja!«, rief ich. »Vielleicht bin ich in Gefahr. Ich meine, erst träume ich schlecht und jetzt beobachtet mich plötzlich irgendein Typ. Das muss irgendwie zusammenhängen, meinst du nicht?« Ich setzte mich auf die Bettkante und starrte ihn hilflos an.

Joost legte eine CD von James Morrison ein und setzte sich neben mich.

Er schwieg einen Moment. »Du glaubst das wirklich«, sagte er schließlich.

»Ich habe solche Angst.« Meine Stimme zitterte. »Alle halten mich für verrückt. Du bist der Einzige, der mich ernst nimmt.«

»Es ist bestimmt alles nicht so schlimm, wie es aussieht«, sagte Joost. Er legte mir den Arm um die Schultern. »Mach nicht so ein verzweifeltes Gesicht. Ich bin doch jetzt bei dir.«

»Meinst du, ich sollte zur Polizei gehen?«

»Nein, ich glaube nicht. Die interessiert deine Geschichte doch sowieso nicht.«

»Was soll ich denn dann machen? Nachher passiert mir noch irgendwas Schlimmes.«

»Ach komm, Karolin. Es ist nichts.« Joost seufzte und klang ein bisschen erschöpft. »Du hast zweimal einen komischen Mann gesehen. Ich sehe in Amsterdam jeden Tag Massen von seltsamen Gestalten. Dahinter vermute ich doch auch nichts.«

»Aber da stimmt irgendwas nicht, das spüre ich.«

»Ja, da stimmt tatsächlich etwas nicht«, sagte Joost grinsend. »Wir vertun unsere Zeit hier mit Gerede über wildfremde Männer. Ich habe eine viel bessere Idee.« Er fing an, mich zu küssen. Aber ich wollte nicht küssen, ich wollte meine Geschichte erzählen, beruhigt werden, liebe Worte hören. Ich stand auf.

»Tut mir leid, aber danach steht mir jetzt echt nicht der Sinn.«

»He, nun komm doch, Karolin«, sagte Joost und zog mich wieder aufs Bett zurück. »Entspann dich. Das wird dir guttun. In einer halben Stunde hast du alle deine Probleme vergessen.«

Er legte sich auf mich und drückte seinen Lippen an meinen Hals.

»Nein«, murmelte ich. »Ich fühle mich echt nicht gut.«

Joost keuchte und steckte seine Hand in meine Jeans.

»Mmm, aber das fühlt sich gut an. Sehr gut sogar.«

»Nein! Stopp!«, rief ich und schob ihn von mir weg. Sofort tat es mir leid. Joost starrte mich an, ohne irgendeine erkennbare Regung.

»Was ist los mit dir?«, fragte er scharf.

»Ich kann das jetzt nicht«, stammelte ich. »Das musst du doch verstehen?«

»Gut, dann eben nicht«, sagte er kurz angebunden.

Das war das erste Mal, dass ich ihn so unfreundlich erlebte. Ich spürte, wie sich in meinem Hals ein dicker Kloß bildete.

»Es tut mir leid«, sagte ich leise.

»Mir tut es auch leid.«

Er stand auf und steckte sich sein Hemd in die Hose. »Ich

versuche, lieb zu dir zu sein und dich zu trösten, aber du benimmst dich wie ein verdammter unnahbarer Eisschrank. Was glaubst du, wie ich mich jetzt fühle?«

Ich richtete mich auf. »Es tut mir wirklich leid. Es liegt nicht an dir. Das musst du mir glauben.«

Joost zuckte mit den Schultern. »Wenn du das sagst.«

»Du bist doch nicht sauer auf mich? Bitte?« Den Gedanken konnte ich nicht ertragen.

»Hmm«, sagte er nur.

Ich stellte mich auf die Zehenspitzen und gab ihm einen Kuss auf den Mund. Joost küsste mich auch, aber es war kein schöner Kuss. Er küsste zu hart. Es tat sogar ein bisschen weh. Dann schob er mich von sich weg.

»Wollen wir irgendwas Schönes machen? Eine DVD gucken oder so?«, fragte ich unsicher. Ich wollte so sehr, dass er wieder nett zu mir war.

»Nein«, sagte Joost gleichgültig. »Dafür habe ich keine Zeit. Ich schreibe morgen eine Klausur. Und ich muss noch sehr viel dafür tun.«

»Oh.« Der Kloß in meinem Hals wurde immer größer und ich musste gegen meine Tränen ankämpfen. »Dann fahre ich lieber nach Hause.« Ich hoffte, Joost würde mich aufhalten, aber er tat es nicht.

»Gut«, sagte er nur.

»Wann sehe ich dich wieder?«, fragte ich und holte tief Luft, weil ich nicht heulen wollte, solange ich hier war.

»Bald. Ich rufe dich an. Machst du bitte die Tür hinter dir zu?« Er drehte sich um und ging zu seinem Schreibtisch. Und er sah sich nicht einmal mehr um, als ich aus dem Zimmer ging.

Ich war total außer mir, als ich zu Hause ankam. Ich habe die ganze Nacht gegrübelt. Ich wünschte, ich könnte dem Chaos in meinem Leben entkommen und alles hinter mir lassen. Aber stattdessen lag ich bewegungslos im Bett, erdrückt und gelähmt von all meinen Problemen.

Gegen Morgen schlief ich endlich ein und träumte von Joost. Wir lagen im Bett. Er sagte: »Ich will dich nie mehr wiedersehen.« Plötzlich war Joost verschwunden und Noah saß neben mir. Ich war so froh, ihn zu sehen. »Hilf mir bitte«, rief ich. »Alles geht schief!« Noah sah mich ganz lieb an. »Mach nicht so ein verzweifeltes Gesicht«, sagte er. »Ich bin doch jetzt bei dir?! Ich lass dich nie mehr allein.«

Ich wurde mit einem Stich in der Magengegend wach. Zum ersten Mal seit Wochen sehnte ich mich danach, bei Noah zu sein. Bescheuert, oder? Mir geht es wirklich nicht gut.

Sonntag, 29. Oktober, 19:00 Uhr

Ich schlage Karolins Tagebuch zu und strecke mich. Ich habe den ganzen Nachmittag ohne Pause gelesen. Karolin wurde auch von einem unheimlichen Mann verfolgt! Ich habe nicht den geringsten Zweifel, dass uns derselbe Verrückte nachstellt. Und Joost war total fies zu ihr. Leider ist das nicht wirklich ein Beweis, aber sein Verhalten ist schon ziemlich seltsam. Hoffentlich findet die Polizei das morgen früh auch.

Mit einem tiefen Seufzer lege ich das Heft auf meinen Schreibtisch. Noch ein paar Seiten und dann endet das Tagebuch. Einerseits will ich unbedingt wissen, was Karolin geschrieben hat, aber andererseits will ich auch nicht unbedingt wissen, was sich in den letzten Tagen vor ihrem Tod abgespielt hat. Es erscheint mir entsetzlich schwer, ihre letzten Worte, Sätze und Gefühle zu lesen. Und noch schlimmer, ich werde definitiv Abschied von Karolin nehmen müssen. Zumindest fühlt es sich für mich so an. Durch das Tagebuch ist sie mir in der letzten Zeit so nah gewesen. So als wären wir wieder Freundinnen. Bald kann ich nie wieder etwas von ihr lesen. Schon der Gedanke daran macht mich traurig.

Ich zwinge mich selbst, an etwas anderes zu denken. An Steven. Es funktioniert. Das heitert mich ein bisschen auf. Und noch besser wird meine Laune bei dem Gedanken, dass ich ihn in einer knappen Stunde im *Tresen* treffen werde. Heute Nachmittag war ich kurz davor, unsere Verabredung abzusagen. Ich meine, was, wenn der Verrückte auf dem Fahrrad wiederauftaucht? Was soll ich dann machen, allein im Dunkeln auf der Straße? Aber der Gedanke, abzusagen, verursachte mir noch mehr Bauchschmerzen. Vielleicht ist das meine einzige Chance auf eine Verabredung mit Steven. Und dann dachte ich: Hier zu Hause bin ich auch allein. Ich sollte lieber unter Menschen gehen. Außerdem muss ich gar nicht mit dem Fahrrad fahren, ich kann auch die Straßenbahn nehmen. Ich muss einfach zu Fuß gehen, da war ich mir auf einmal ganz sicher.

Auf meiner Armbanduhr sehe ich, dass ich noch eine halbe Stunde habe, um mich umzuziehen und zu stylen. Ich gehe zu meinem Schrank und öffne die Türen. Ich nehme ein Kleidungsstück nach dem anderen heraus und werfe es aufs Bett. Alte Jeans, ein paar billige Pullis und Blusen von H&M, ausgeblichene T-Shirts; alles kommt mir auf einmal so furchtbar langweilig vor. Eins weiß ich sicher: Das kann ich heute Abend garantiert nicht tragen. Ich gehe zum Kleiderschrank meiner Mutter und suche in den ordentlich gefalteten Stapeln nach etwas Passendem. Ich werde immer verzweifelter. Warum hat sie Größe 36 und ich Größe 40? Das ist nicht gerecht. Schließlich finde ich in dem untersten Fach einen weiten Jeansrock und eine cremefarbene Wickeljacke. Ich ziehe die beiden Teile an. Wunder über Wunder: Der Rock geht zu. Die Jacke knöpfe ich unten auf. Im Bad lege ich hellrosa Lipgloss auf. Ich bürste mir die Haare und lasse sie offen. Ich stelle mich vor den Spiegel. Es ist unvorstellbar, aber ich sehe beinahe gut aus.

Ich nehme meine Jacke und gehe durch die Hintertür ins Freie. Der Weg durch den Garten ist stockdunkel, und ich laufe schnell zur Straße, die hinter unserem Haus verläuft. Das ist ein Umweg, aber ich habe Angst, dass vielleicht jemand die Vordertür beobachten könnte. Ich bleibe im Schatten der Häuser und sehe mich nervös um. Niemand folgt mir. Trotzdem bin ich erleichtert, als ich an der belebten Straßenbahnhaltestelle ankomme. Nach ungefähr fünf Minuten kommt die Bahn. Ich suche mir einen Platz in der Nähe des Fahrers und mustere meine Mitreisenden so unauffällig wie möglich. Zwei Frauen unterhalten sich, ein Junge führt ein lautstarkes Gespräch mit seinem Handy und eine Gruppe Mädchen muss über irgendetwas lachen. Aber ich sehe nichts Verdächtiges.

An der Haltestelle Jan Pieter Heijestraat steige ich aus und biege in die Brederodestraat ein. Ich sehe den Tresen schon vor mir. Mit jedem Schritt werde ich nervöser. Eigentlich habe ich nicht die geringste Ahnung, was ich von dieser Verabredung zu erwarten habe. Worüber soll ich mit Steven reden? Wir kennen uns kaum. Wahrscheinlich schweigen wir uns die ganze Zeit auf diese unangenehme Art an. Und vielleicht mache ich mich auch lächerlich, weil ich irgendetwas Blödes sage. Am Eingang vom *Tresen* bleibe ich stehen. Soll ich nach Hause zurückgehen und Steven mit einer Ausrede absagen? Oder soll ich mich zusammenreißen und einfach reingehen? Ich entscheide mich für Letzteres. Ich wische mir die klammen Finger an meinem Rock ab, hole tief Luft und drücke die Tür auf.

Ich entdecke Steven auf einem Barhocker. Er ist in ein Gespräch mit dem Jungen hinter der Theke vertieft. Ich schaue einen Moment lang auf seinen Rücken und hoffe, dass er in meine Richtung blickt. Aber das tut er nicht. Ich fühle mich unwohl. Ach, ich könnte mir selbst eine runterhauen. Wie unbeholfen kann man eigentlich sein?

»Hi«, sage ich leise und tippe ihm auf die Schulter.

Steven dreht sich um. »Hi, Eva, da bist du ja. Ich habe schon auf dich gewartet.« Er gibt mir einen Kuss auf die Wange, der ein klitzekleines bisschen länger dauert als bei einer normalen Begrüßung. »Du siehst toll aus.«

Meine Knie werden weich. »Äh ... danke.«

Er lächelt. Vielleicht lächele ich zurück, aber ich befürchte, dass ein idiotisches Grinsen auf meinem Gesicht liegt.

»Hast du Lust, ins *Café Oslo* zu gehen? Das ist hier ganz in der Nähe«, sagt Steven.

»Okay«, murmele ich. Selbst wenn Steven eine Müllkippe vorgeschlagen hätte, wäre ich einverstanden gewesen.

»Gut, dann lass uns gehen.«

Er nimmt seine Jacke und geht vor mir her nach draußen. Ich hoffe, dass alle sehen, dass Steven und ich zusammengehören.

Im *Café Oslo* ist es voll und laut. Wir suchen uns einen ruhigen Tisch ganz hinten. Ich bestelle eine Cola light und Steven ein Bier.

Wir reden über sein Studium. Und über seinen Umzug. Er wohnt erst seit ein paar Monaten in Amsterdam und findet die Stadt total genial. Das Gespräch läuft eigentlich ganz von selbst. Steven ist so nett. Und er kann so gut erzählen. Ich fühle mich immer wohler und nach einer halben Stunde ist meine Nervosität verflogen. Wir bestellen noch eine Runde Getränke.

»Wohnst du schon dein ganzes Leben in Amsterdam?«, fragt Steven und nimmt einen Schluck Bier.

»Ja. Meine Mutter findet, dass Amsterdam die einzige wahre Stadt in den Niederlanden ist. Wahrscheinlich wohnt sie hier noch mit achtzig.«

Steven lacht. »Und dein Vater? Hängt er auch so an Amsterdam?«

Die Frage trifft mich wie ein Blitz. Ich rutsche unbehaglich auf meinem Stuhl hin und her. Das letzte Mal, dass ich über meinen Vater geredet habe, ist Jahre her. Und damals bin ich in Tränen ausgebrochen. Ich schlucke, bevor ich antworte. »Nein, ich schätze nicht. Jedenfalls nicht, dass ich wüsste.«

»Hä?«, fragt Steven erstaunt. »Das kapiere ich nicht. Wieso?«

Ich spüre fast körperlich, wie mich jeder Mut verlässt. »Ich, äh … habe keinen Kontakt mehr zu meinem Vater.«

»Wieso nicht?«

»Er ist …« Ich finde nicht die richtigen Worte, um es zu sagen.

»Was?«

»Er ist … Als ich drei war, ist er mit einer anderen Frau abgehauen. Ich habe ihn seitdem nicht mehr gesehen.« Ich wende mich ab. Verdammt, ich will nicht wieder heulen. Nicht jetzt, wenn Steven dabei ist.

»Das tut mir leid«, höre ich Steven sagen. Seine Stimme klingt freundlich. »Ich verstehe, wie du dich fühlst.«

»Ehrlich?« Ich sehe ihn erstaunt an.

»Ja, ehrlich.« Er schweigt kurz und sagt dann: »Ich bin auch ohne Vater aufgewachsen. Er ist tot.«

Seine Antwort erschreckt mich. Tot? Das ist noch viel schlimmer, als seinen Vater nie mehr zu sehen.

»Wie schrecklich«, sage ich leise. »Wie alt warst du, als er starb?«

»Ich war sechs. Aber ich kann mich sehr gut an den Tag erinnern, an dem es passierte. Ich kam aus der Schule und es war schönes Wetter. Ich sah zwar, dass ein Polizeiauto vor unserer Tür stand, wusste aber nicht, dass das ein schlechtes Zeichen war. Das begriff ich erst, als ich meine Mutter heulend am Küchentisch fand, neben ihr ein Polizist, der ihr die Hand hielt. Meine Welt brach zusammen.«

Steven lächelt, aber ich sehe an seinen Augen, dass es für

ihn nicht einfach ist, darüber zu reden. Dann zuckt er die Schultern. »Ach, das ist schon so lange her. Genug zu diesem Thema. Was machen deine Cupido-Bemühungen? Sind die beiden schon ein Paar?«

Ein paar Sekunden lang weiß ich gar nicht, wovon Steven spricht. Aber dann fällt der Groschen. Er redet von Joost und Karolin. Ich habe gar nicht mehr daran gedacht, dass ich ihn heute Nachmittag angelogen habe. Auf einmal fühle ich mich furchtbar schlecht. Er ist so ehrlich und offen zu mir gewesen.

»Ich muss dir was sagen.« Ich sehe ihn mit kläglichem Blick an. »Weiß du, meine Freundin ist eigentlich gar nicht in Joost verliebt. Das war sie mal. Aber jetzt nicht mehr. Denn sie, äh … sie ist tot. Schon ein paar Wochen.«

Steven ist offensichtlich so überrascht, dass er erst mal nicht antworten kann.

»Aha«, sagt er schließlich.

»Es tut mir leid … Ich wollte dich nicht anlügen … ich meine … ich …« Meine Wangen sind feuerrot und ich weiche seinem Blick aus.

»He, ganz ruhig«, sagt Steven und nimmt meine Hand. »Ich bin nicht sauer auf dich.«

Es dauert ein paar Sekunden, bis das zu mir durchdringt. »Echt nicht?«

»Nein. Du hast sicher einen guten Grund dafür gehabt. Warum erzählst du mir nicht, was mit deiner Freundin passiert ist? Und warum du Joost suchst?«

»Wenn du möchtest …«

»Das möchte ich sehr gern.«

»Okay. Aber es ist eine lange Geschichte.«

»Wir haben alle Zeit der Welt.« Er nickt mir ermutigend zu. Ich schlucke und beginne an dem Tag, an dem Karolin bei uns nebenan einzog. Erst rede ich noch ganz langsam. Aber je länger ich erzähle, desto schneller sprudeln die Sätze aus mir heraus. Karolins Träume, ihre Begegnung mit Joost, der Brief auf meinem Nachtschrank; ich merke, dass es mir guttut, Steven alles zu erzählen. Endlich jemand, der mich ernst nimmt. Ich ende mit den Ereignissen des Nachmittags, meinem Gespräch mit Nicole und der Verfolgung auf dem Rad. Als ich fertig bin, ist es lange still.

»Mein Gott!« Steven atmet hörbar aus und er sieht mich ernst an. »So was gibt es doch gar nicht ...«

Ich nicke nur.

»Verdammt, du bist in Gefahr. Und keiner unternimmt etwas.« Er schlägt mit der flachen Hand auf den Tisch. »Ich bin froh, dass du mir alles erzählt hast. Ab sofort musst du da nicht mehr alleine durch.«

Ich bekomme feuchte Augen und murmele ein Dankeschön.

»Ich kann einfach nicht glauben, dass du zu dieser Nicole gegangen bist. Das finde ich sehr mutig«, sagt Steven. »Ich weiß nicht, ob ich mich das getraut hätte.«

»Na ja, mutig ... Ich hatte heute Nachmittag ziemliche Angst, als dieser Irre mich verfolgt hat. Vielleicht war es eher dumm von mir.«

Steven lächelt leicht. Und ich auch.

»Diese Karolin«, fragt er nachdenklich. »Das ist doch nicht zufällig die Karolin Simonsen, die im *Tresen* gearbeitet hat? Ich meine, sie hatte vor einer Weile auch einen Autounfall.«

»Doch, das ist dieselbe Karolin. Klar, ihr kennt euch natürlich.« Ich beuge mich vor. »Jetzt, wo du es sagst, ich glaube, ich habe in ihrem Tagebuch auch was über dich gelesen. Wie blöd, dass ich da nicht eher draufgekommen bin.«

Steven muss die Neuigkeiten erst verarbeiten. Er schüttelt den Kopf. »Verdammt. Wir haben ein paarmal zusammengearbeitet. Ich fand sie nett, sehr spontan. Aber dann bekam sie eine Gehirnerschütterung. Zumindest wurde uns das gesagt. Und ein paar Wochen später war sie auf einmal tot. Wenn ich doch gewusst hätte, was wirklich mit ihr los war ...«

»Du hättest nichts tun können«, sage ich leise.

»Nein, wahrscheinlich nicht. Aber wenn ich Joost das nächste Mal sehe, dann muss er sich in Acht nehmen, das schwöre ich. Was für ein mieser Arsch. Und wenn er es jetzt auch noch wagt, dir Angst zu machen ...« Stevens Stimme klingt immer wütender und seine Hände liegen zu Fäusten geballt auf dem Tisch.

Ich fühle mich durch seine Reaktion geschmeichelt und versuche, mir vorzustellen, wie Steven Joost verprügelt. Ich lächele kurz. »Das ist sehr lieb, aber ich weiß nicht sicher, ob Joost es getan hat. Vielleicht denkt die Polizei da morgen ganz anders drüber.«

Ein Moment der Stille folgt, bis Steven mich fragend ansieht. »Was? Die Polizei?«

»Ja, ich gehe morgen mit meiner Mutter zur Polizei, wenn sie aus Mailand zurückkommt. Oder hältst du nichts von der Idee?«

»Nein, nein«, sagt Steven schnell. »Ich meine, ja, natürlich solltest du zur Polizei gehen. Aber ich dachte, du wärst dort schon gewesen.«

»Das stimmt auch«, sage ich mit tiefem Seufzen. »Aber sie wollten mir nicht zuhören. Hoffentlich glauben sie mir dieses Mal.«

Die Bedienung fragt, ob wir noch etwas trinken wollen. Steven verneint und sieht auf die Uhr. »Lass uns lieber aufbrechen. Ich muss morgen sehr früh in die Uni.«

Wir gehen schweigend zur Straßenbahnhaltestelle an der Ecke Overtoom. In der Ferne kommt die Straßenbahn angefahren. Auf einmal weiß ich nicht, wie ich mich verhalten soll.

»Danke für alles«, sage ich. Ich könnte mir die Zunge abbeißen, so förmlich klingt es.

Steven verzieht das Gesicht. »Ach, sei doch nicht so.« Er zögert einen Moment und sagt dann: »Weißt du, eigentlich gefällt mir der Gedanke nicht, dass du heute Nacht ganz allein zu Hause bist. Du kannst bei mir übernachten, wenn du willst.«

Ich sehe ihn offensichtlich erstaunt an, denn er fügt grinsend hinzu: »Ich sagte *übernachten*. Mach dir keine Gedanken.«

Mit Bedauern in der Stimme sage ich: »Äh … danke, aber meine Mutter kriegt morgen früh einen Herzinfarkt, wenn ich nicht da bin. Ich sollte lieber nach Hause fahren.«

»Bist du dir sicher?«

»Ja.«

»Okay. Aber bitte sei vorsichtig. Du kannst mich jederzeit anrufen, wenn irgendwas ist.«

Steven gibt mir seine Handynummer. Und dann hält klingelnd die Straßenbahn vor unserer Nase.

»Ich muss«, sage ich.

»Warte noch.«

Ich halte den Atem an. Steven legt die Arme um mich und beugt sich zu mir. Und dann küsst er mich. Mir zittern die Knie und ich lehne mich schwindelig an ihn.

»Viel Erfolg morgen bei der Polizei«, flüstert mir Steven ins Ohr. »Lässt du mich wissen, wie es gelaufen ist?«

Ich kann nur noch nicken.

Er gibt mir noch einen letzten Kuss und ich schwebe in die Bahn. Steven hat mich geküsst, Steven wird mir helfen, Steven mag mich. Ich schaue aus dem Fenster, bis ich ihn nicht mehr sehen kann.

Montag, 30. Oktober, 01:30 Uhr

Ein grelles Klingeln reißt mich aus dem Schlaf. Verwirrt setze ich mich auf. Auf meinem Wecker ist es halb zwei. Ich habe von Steven geträumt. Er hat mich geküsst und ich hätte gerne noch zwei weitere Stunden von ihm geträumt. Aber da klingelte plötzlich das Telefon. Ich lausche angespannt. Es ist totenstill in meinem Zimmer, und das Einzige, was ich höre, ist das sanfte Rauschen der Bäume vor dem Fenster. War das Telefon vielleicht Teil meines Traums? Aber da höre ich das Klingeln plötzlich wieder. Das Geräusch klingt Unheil verkündend und wie ein Vorbote schlechter Nachrichten. Wer um alles in der Welt ruft mitten in der Nacht auf unserem Festnetztelefon an? Es wird doch nichts mit meiner Mutter passiert sein? Ich renne so schnell wie möglich in ihr Zimmer, wo das zweite Telefon steht. Ohne das Licht anzumachen, gehe ich ran.

»Hallo?«

Stille. Ich höre jemanden schwer atmen, beinahe keuchen.

»Hallo?«, sage ich noch mal. »Ist da jemand?«

»Hallo, Eva«, sagt plötzlich eine seltsam verzerrte Männerstimme. »Du bist heute sehr ungehorsam gewesen.«

Meine Ohren beginnen zu sausen, und es dauert sehr lange, bis ich reagieren kann. »Wer ist da?«, frage ich panisch.

»Aber Eva, das weißt du doch. Ich habe dir heute Nachmittag noch vom Fahrrad aus zugewinkt. Aber du warst so in Eile. Der Sturz muss wehgetan haben. Dabei war das ganz überflüssig.« Der Mann lacht rau.

Ich habe auf einmal solche Angst, dass ich kaum Luft kriege. »Lass mich in Ruhe«, rufe ich heiser.

»Das würde ich gerne, aber du hältst dich nicht an unsere Absprache.«

»Wie-wieso?«, frage ich.

»Tu nicht so blöd.« Die Stimme klingt jetzt wütend. »Du musstest heute unbedingt wieder auf Schnüffeltour gehen. Und dabei hatte ich dich doch gewarnt. Hast du schön mit Nicole Tee getrunken? Ich habe euch da draußen auf dem Parkplatz gesehen. Aber du hast nicht gut genug aufgepasst. Es wäre entsetzlich, wenn dir etwas zustoßen würde. Karolin hat auch nicht aufgepasst.«

Ich fühle, wie mir sämtliches Blut aus dem Gesicht weicht.

»J-Joost? Bist du das? Warum tust du das?«

Keine Antwort.

»Arschloch«, sage ich mit einer Stimme, die viel höher klingt als sonst. »Du bist krank. Krank im Kopf.«

»Du weißt gar nichts von mir«, zischt der Mann. »Du solltest nicht so viel reden, sondern zuhören. Dies ist meine letzte Warnung. Misch dich nicht in Dinge ein, die dich nichts angehen. Und wenn du die Polizei rufst, liegst du ganz schnell neben deiner Freundin auf dem Friedhof. Kapiert? Ja oder nein?«

»Ja«, flüstere ich.

»Gut.«

Ich höre ein Klicken. Der Mann hat aufgelegt. Mir bricht aus allen Poren der Schweiß aus, und ich bin nicht in der Lage, klar zu denken. Panisch lass ich den Blick durch das Zimmer meiner Mutter wandern. Alles wirkt auf einmal verdächtig. Die Schranktür, die einen Spalt weit offen steht, die Wölbung in der Bettdecke, das dunkle Fenster ohne Gardinen. Ich muss hier weg. Ich laufe aus dem Schlafzimmer, über den Flur, die Treppe herunter ins Wohnzimmer und knipse alle Lichter an.

Zitternd setze ich mich aufs Sofa. Er hat mich angerufen! Ich habe ihn wütend gemacht! Irgendwo aus den Tiefen meiner Kehle kommt ein seltsames Gejammer. Zwei Tränen laufen mir über die Wange. Nicht weinen, denke ich. Ich darf nicht weinen. Ich muss nachdenken. Könnte das Joost gewesen sein? Die Stimme war nicht zu erkennen. Und der Mann hat nicht reagiert, als ich ihn Joost nannte. Aber das sagt natürlich nichts. Gott, was geht hier vor?

Aus dem Nichts kommt eine Erinnerung in mir hoch.

Karolin und ich waren ungefähr neun. Es waren Sommerferien und wir wollten unbedingt bei uns im Garten zelten. Nach langem Quengeln erlaubte es meine Mutter. Es wurde dunkel, es wurde Nacht. Ein Unwetter zog auf. Ich starrte stocksteif an die Zeltdecke. Bei jedem Blitz sah ich komische Schatten und Umrisse. Karolin kroch in meinen Schlafsack und legte die Arme um mich. »Keine Angst«, sagte sie. »Ich bin doch bei dir.« Sie machte Witze, sang Lieder und erzählte die verrücktesten Geschichten. Ich habe mich noch nie so sicher gefühlt wie während dieser Stunden, die ich neben ihr lag.

Aber jetzt gibt es keine Karolin mehr, die mich trösten kann. Jetzt habe ich nur mich selbst. Ich verkrieche mich unter einer Decke auf dem Sofa und fühle mich schrecklich einsam und ängstlich. Was soll ich tun? Ich traue mich nicht, die Polizei anzurufen. Was, wenn der Mann seine Drohung wahr macht? Plötzlich denke ich an Steven. Er hat gesagt, dass ich ihn jederzeit anrufen darf. Aber auch um zwei Uhr nachts?, frage ich mich nervös. Irgendwo quietscht oben auf einmal eine Tür. Mir rutscht fast das Herz in die Hose. Ich überlege nicht länger, sondern ziehe mein Handy aus der Tasche, die neben dem Sofa liegt. Mit zitternden Händen suche ich Stevens Nummer, während ich gleichzeitig angespannt auf die Geräusche im Haus horche.

Stevens Stimme erschreckt mich.

»Bin nicht da«, sagt er auf der Mailbox. »Nach dem Piep hast du alle Zeit der Welt, dich darüber zu beklagen. Viel Glück.«

Warum gehst du nicht dran?, könnte ich durch das Telefon schreien. Aber ich spreche so ruhig wie möglich: »Steven, hier ist Eva. Kannst du mich bitte sofort zurückrufen, wenn du diese Nachricht hörst?« Ich hole tief Luft. »Dieser Mann hat mich gerade angerufen. Er will mich umbringen. Hilf mir, bitte, hilf mir, ich habe solche Angst …«

Ich lege auf und presse mir mein Schlafanzugoberteil vors Gesicht. Bald schon ist der Stoff nass von meinen Tränen. Ich krieche noch tiefer unter die Decke. Im Haus ist es totenstill. Die Stille macht mich verrückt. Alles macht mich verrückt. Die Vorstellung, hier die ganze Nacht allein zu sitzen, ist entsetzlich. Ich wiege mich selbst hin und her und murmele laut ein Lied aus meiner Kindheit. »Ist es auch noch so dunkel, ist die Angst auch noch so groß, Morgen scheint wieder die Sonne, die Nacht lässt dich bald wieder los.« Ich wiederhole die Strophe immer wieder, als ob ich die Zeit damit beschleunigen könnte.

Kurz nach acht höre ich einen Schlüssel im Schloss und die Haustür öffnet sich. Erst erstarre ich, aber dann höre ich die Absätze meiner Mutter durch den Flur klackern.

»Eva? Was tust du denn hier?«, sagt sie, als sie das Wohnzimmer betritt. Sie zieht einen großen Rollkoffer hinter sich her. »Warum bist du noch im Schlafanzug?«

Ich antworte nicht, sondern fange einfach an zu heulen.

»Hey, Schätzchen.« Meine Mutter kommt zu mir und kniet sich vor mich auf den Boden. »Bist du vielleicht krank? Du bist bleich wie die Wand.«

Ich schüttele den Kopf. Die Tränen rollen mir die Wangen herunter und tropfen auf meinen Schlafanzug.

»Was ist denn?«, sagt sie lächelnd. »Komm, so schlimm kann es doch gar nicht sein. Erzähl es mir ruhig, Kleines.«

Mein Mund zittert. Und meine Stimme auch, als ich leise sage: »Ich bin heute Nacht bedroht worden.«

»Was?« Ihr bleibt der Mund offen stehen, und sie sieht mich an, als käme ich von einem anderen Planeten. »Bedroht?«

»J-ja«, schluchze ich. »Von einem Mann.«

»Einem Mann?« Meine Mutter sieht immer besorgter aus. »Er hat dich doch nicht angefasst? Oder dir sonst irgendwas Schlimmes getan?«

»Nein, er hat mich angerufen.«

»Okay.« Die Erleichterung ist ihr deutlich im Gesicht abzulesen. »Was hat er denn gesagt?«

»Dass ich mich nicht mit Karolins Tod beschäftigen soll. Sonst bringt er mich um.« Ich schaffe es nicht, meine Mutter anzuschauen.

»Umbringen? Verdammt!«, höre ich sie fluchen. Meine Mutter flucht fast nie. »Und was um alles in der Welt hat Karolin damit zu tun?«

Ich starre zu Boden und überlege, wie ich ihr das Ganze am besten erzählen soll. Mir fällt nichts ein. Eigentlich ist mir inzwischen auch alles egal. Ich will nur, dass dieses Drama endet.

»Eva, um Himmels willen, rede mit mir!« Sie packt mich am Kinn und zwingt mich, sie anzusehen.

Ich schlucke schwer und wische meine Tränen mit dem Ärmel weg. »Es hat alles vor zwei Wochen angefangen, als Karolins Mutter mir die Tagebücher gegeben hat. Oder nein, eigentlich schon im August, als Karolin bei mir vorbeikam …«

Meine Mutter nickt. »Erzähl.«

Ich schließe für einen Moment die Augen, um alle Ereignisse der letzten Zeit in eine logische Reihenfolge zu bringen. Ich will nichts vergessen. Nach einer guten halben Stunde habe ich alles erzählt, was es zu erzählen gibt. Meine Mutter starrt mich schweigend an. Einen Moment lang fühle ich mich schrecklich leer und verloren.

»Verdammt«, wiederholt sie schließlich. »Warum hast du mir das nicht früher erzählt?«

»Ich hatte Angst, dass du wütend wirst«, flüstere ich.

Sie runzelt die Stirn und flucht wieder. »Zum Teufel noch mal, hast du das wirklich gedacht? Wie kommst du denn auf so was?« Ich beiße mir auf die Lippe und zucke mit den Schultern.

»Oh Eva, Eva«, sagt sie kopfschüttelnd. »Du bist mir eine. Was mache ich nur mit dir?«

Die Augen meiner Mutter stehen voller Tränen. Sie setzt sich neben mich und nimmt mich in die Arme. Ich lehne meinen Kopf an ihre Schulter. Sie streichelt mir sanft über die Wangen. Ich kann das Parfüm meiner Mutter riechen und die Creme, die sie immer benutzt. Ich fühle mich ihr so nahe. So nahe bin ich ihr nicht mehr gewesen, seit ich klein war. Wir sagen eine Weile nichts.

»Ich liebe dich so sehr«, murmelt meine Mutter.

»Ich dich auch, Mama.« Ich atme tief ein, weil ich nicht wieder weinen will.

Sie löst sich aus unserer Umarmung. »Wir sollten gleich zur Polizei gehen, findest du nicht auch?«

»Ja«, sage ich und meine das auch so.

Irgendwann heute Nacht ist mir klar geworden, dass ich den Drohungen und meiner eigenen Angst nicht nachgeben darf. Sonst werde ich mich nie mehr trauen, allein auf die Straße zu gehen. Und mich immer fragen, wer er war. Ich darf mir mein Leben nicht von ihm zerstören lassen. Ich habe Angst, ja Todesangst sogar, aber ich will mich nicht unterkriegen lassen.

»Gut«, sagt meine Mutter. »In einer halben Stunde brechen wir auf. Dann kannst du vorher noch schnell duschen. Und ein bisschen frühstücken. Ich will nicht, dass du auch noch ohnmächtig wirst.«

Sie steht auf und zieht die Gardinen auf. Irgendwie habe ich erwartet, dass es draußen genauso dunkel ist wie in mir drin. Aber zu meiner Überraschung sehe ich, dass die Sonne scheint.

Montag, 30. Oktober, 10:30 Uhr

Auf der Polizeiwache am Koninginneweg ist viel mehr Betrieb als am letzten Samstag. Alle Stühle sind belegt und an der Theke zeigt ein Mann lautstark den Diebstahl seines Portemonnaies an. Eine Polizistin notiert langsam und detailliert alle seine Angaben. Erleichtert sehe ich, dass die unsympathische Frau von Samstag keinen Dienst hat. Der Mann murmelt noch etwas von »Gesindel« und dann sind wir auf einmal an der Reihe.

»Was kann ich für Sie tun?«, fragt die Frau, während sie Papiere ordnet.

»Meine Tochter wurde heute Nacht mit dem Tod bedroht«, sagt meine Mutter schlicht.

»Oh.« Die Polizistin sieht uns erschrocken an und vergisst den Papierstapel.

»Ja. Sie ist schon einmal hier gewesen, aber da wollte man ihr nicht zuhören. Das finde ich empörend.«

»Äh ... das tut mir leid«, murmelt die Frau entschuldigend. »Ich gebe Ihnen gleich einen Termin für heute Nachmittag. Es ist im Moment nämlich sehr viel los.«

»Wir wollen jetzt mit jemandem sprechen, nicht heute Nachmittag«, sagt meine Mutter scharf. »Sonst erstatte ich Anzeige wegen grober Nachlässigkeit. Meine Tochter hätte durch Ihre Schuld tot sein können.«

Alle Leute schauen in unsere Richtung, und man sieht, dass die Polizistin nicht so recht weiß, wie sie sich verhalten soll. »Also gut, ich schaue mal, was ich für Sie tun kann. Mit wem hat denn Ihre Tochter beim letzten Mal gesprochen?«

»Mit einem Herrn Brand«, antworte ich.

Die Polizistin sieht mich an, als ob sie mich jetzt überhaupt erst sieht. »Ach so, mit Polizeiobermeister Brand. Warten Sie bitte einen Moment?« Sie steht auf und verschwindet durch eine Tür neben der Theke.

Innerhalb von einer Minute ist sie mit Herrn Brand an ihrer Seite zurück. Ich sehe förmlich, wie er denkt: Nicht die schon wieder. Aber er sagt freundlich. »Eva Nieboer, stimmt doch, oder? Und das ist deine Mutter, nehme ich an?«

Meine Mutter nickt flüchtig und schüttelt seine ausgestreckte Hand. »Kommt bitte mit«, sagt Herr Brand. »Ich hatte zufällig gerade Pause.«

Er bringt uns in dasselbe Zimmer wie beim letzten Mal

und kommt sofort zur Sache. »Was ist denn los? Ich habe von meiner Kollegin gehört, dass es sehr dringend ist.«

»Das kann man wohl sagen«, antwortet meine Mutter. Sie sieht mich an. »Eva, jetzt erzähl ihm mal, was du mir auch erzählt hast. Auf geht's.«

»Äh ... okay.«

Also erzähle ich ihm noch mal von Karolin, ihren Träumen, meinem Gespräch mit Joost und dem Brief neben meinem Bett. Brand hört meiner Geschichte mit ausdruckslosem Gesicht zu, und ich habe keine Ahnung, ob er mich jetzt ernst nimmt. Erst als ich ihm von der Fahrradverfolgung und dem Anruf von heute Nacht erzähle, sehe ich, wie er die Stirn runzelt.

»Das ändert die Sachlage«, sagt er nachdenklich. »Jemanden am Telefon zu bedrohen, ist strafbar.«

Ich bin einen Moment sprachlos, so froh bin ich über diese Bemerkung.

Herr Brand reibt sich nachdenklich das Kinn. »Hast du die Stimme von heute Nacht wiedererkannt? Oder hast du vielleicht gesehen, wer dich verfolgt hat?«

»Nein.« Ich schüttele bedauernd den Kopf. »Aber es würde mich nicht wundern, wenn es Joost war. Ich bin schließlich zu seiner Exfreundin gefahren. Er muss gewusst haben, was sie mir erzählen würde. Und das hat ihm bestimmt nicht gefallen.«

Brand seufzt und lehnt sich zurück. »Ich verstehe, dass du so denkst. Aber Joosts gewalttätige Vergangenheit ist kein ausreichender Grund, ihn jetzt festzunehmen. Dafür brauche ich echte Beweise. Ich kann ihn unmöglich aufgrund von Vermutungen einsperren. Es tut mir leid.«

Ein Moment der Stille tritt ein. Dann fragt Brand: »Hast du irgendeine Idee, wer dich sonst noch angerufen haben könnte? Läuft vielleicht irgendwo ein wütender Exfreund von dir rum? Oft sind solche Bedrohungen Beziehungstaten.«

»Ich … ich hatte noch nie einen Freund.« Ich werde rot und würde vor Scham am liebsten im Boden versinken.

»Hm.« Brand wirkt nicht überzeugt.

Meine Mutter richtet sich auf. »Genug davon. Was genau werden Sie jetzt unternehmen?«

»Tja, unsere Möglichkeiten sind begrenzt, fürchte ich. Wir werden auf jeden Fall mal mit Joost reden und sein Alibi überprüfen. Hoffentlich kommt etwas dabei heraus.«

»Ist das alles?«, fragt meine Mutter kurz angebunden. »Meine Tochter wird bedroht. Ihre Freundin ist vielleicht absichtlich überfahren worden. Und Sie wollen lediglich mit Joost reden? So was gibt es doch gar nicht. Da kriegt man ja mehr Aufmerksamkeit, wenn man zu schnell fährt.«

Brand schlägt die Hände zusammen und beugt sich vor. »Frau Nieboer, ich kann Ihre Sorge sehr gut nachvollziehen. Da sind unschöne Dinge geschehen. Aber bisher gibt es nicht den geringsten Beweis dafür, dass Karolin absichtlich überfahren worden ist. Vielleicht hat der Anrufer das Unglück nur erwähnt, um Ihrer Tochter Angst zu machen, obwohl er gar nichts damit zu tun hat. Über den Unfall ist schließlich in der Zeitung berichtet worden. Es wissen doch alle davon. Wir dürfen nicht voreilig sein. Es ist unsere Aufgabe, erst alles gründlich zu untersuchen.«

»Dann beeilen Sie sich bitte damit«, schnauzt meine Mutter ihn an. »Meine Tochter ist in Gefahr.«

»Vielleicht«, antwortet er mit beruhigendem Lächeln. »Aber meistens hören derartige Belästigungen von selbst wieder auf. Nach einer Weile macht es dem Anrufer keinen rechten Spaß mehr. Verstehen Sie mich nicht falsch, ich nehme die Sache sehr ernst, aber es besteht kein Grund zur Panik.«

Ich sehe am zusammengekniffenen Mund meiner Mutter, dass sie nicht Brands Meinung ist. »Hoffen wir es«, murmelt sie steif. Sie seufzt tief. »Eva hat noch etwas für Sie.«

»Ach.« Brand starrt mich mit hochgezogenen Augenbrauen an, als würde er einen Strauß Blumen erwarten.

Widerwillig ziehe ich Karolins Tagebücher aus der Tasche und lege sie ihm hin. Ich hätte die Hefte lieber selbst behalten, aber meine Mutter hat darauf bestanden, sie mit zur Polizei zu nehmen.

»Was ist das?« Brand blättert völlig erstaunt in einem der Hefte und sieht mich fragend an.

»Karolins Tagebücher. Da steht alles drin, was ich Ihnen erzählt habe.«

»Ja, natürlich«, antwortet er schnell. »Schön, danke. Ich werde sie sorgfältig prüfen und in die Untersuchung mit einbeziehen.«

Brand steht auf. Das Gespräch ist für ihn offensichtlich beendet. Er gibt uns die Hand und geht zur Tür. »Wenn irgendwas passiert, rufen Sie uns sofort an. Und Eva, sei in nächster Zeit ein bisschen vorsichtig. Abends nicht allein auf die Straße gehen und keine verrückten Sachen unternehmen, okay?«

Wir stehen kaum draußen in der Sonne, als meine Mutter sagt: »Bah, was für ein widerlicher, eingebildeter Typ dieser Brand doch ist. Mir stehen richtig die Haare zu Berge. Na ja, seine Arbeit mag er ja ganz gut machen.«

Sie reicht mir ihren Arm. »Was wollen wir unternehmen? In der Stadt irgendwo etwas essen? Shoppen? Sag du.«

»Muss ich denn nicht zur Schule?«, frage ich.

»Heute nicht, mein Schatz. Ich habe dich heute Morgen in der Schule krankgemeldet und gesagt, dass du erst morgen wiederkommst. Und ich habe mir einen Tag freigenommen. Gut?«

Ich nicke erleichtert. Ich finde die Vorstellung schön, dass meine Mutter heute bei mir bleibt. »Mama, vielleicht will ich lieber nach Hause. Ich bin nicht in der Stimmung, was zu unternehmen.«

Sie drückt mich kurz an sich. »Dann gehen wir nach Hause, kein Problem. Wir können eine DVD anschauen. Oder ein Buch lesen. Was du willst.«

Wir gehen zum Auto.

»Hör zu, Eva«, sagt meine Mutter und sieht auf einmal ganz ernst aus. »Ich glaube, dass Brand mit einem recht hat: Bis die Geschichte ausgestanden ist, solltest du nicht mehr allein sein. Ich habe heute Morgen schon mit meinem Chef besprochen, dass ich dich jetzt erst mal jeden Nachmittag von der Schule abhole und danach zu Hause arbeite. Für mich ist das auch nicht verkehrt, weil ich so weniger Stress habe.« Meine Mutter lächelt, aber ich glaube, dass sie nur meinetwegen versucht, fröhlich zu wirken.

Dienstag, 31. Oktober

»Ich hole dich heute Nachmittag wieder ab«, sagt meine Mutter, als sie mich am nächsten Morgen mit dem Auto vor der Schule absetzt. Sie zögert ein paar Sekunden und klopft mit den Fingern auf das Lenkrad. »Eva, bist du bitte vorsichtig? Und versprichst du mir, dass du mich sofort anrufst, wenn irgendwas ist? Ich bin in zehn Minuten bei dir.«

Ich nicke und gebe meiner Mutter einen Kuss. Sie zupft nervös an ihrem Gurt herum. Kurz denke ich, dass mich meine Mutter bis zum Eingang begleiten will, aber sie tut es nicht. Sie wartet im Auto, bis ich in der Schule bin. In Gedanken sehe ich sie dasitzen, wie sie mir nachsieht und sich Sorgen macht. Ich muss mich zusammenreißen, um nicht zu ihr zurückzulaufen.

Es ist ruhig im Eingangsbereich. Der Unterricht beginnt erst in einer Viertelstunde. Ich trödele und sehe mich um. Alles sieht auf einmal so fremd aus. Ich fühle mich wie ein Fünftklässler, der zum ersten Mal in diese Schule geht: unsicher, ängstlich und verloren. Während ich durch die Gänge laufe, denke ich daran, wie schön es war, gestern Nachmittag mit Steven zu sprechen. Wir haben bestimmt eine Stunde telefoniert. Er hat sich furchtbar über das erschrocken, was ich erzählt habe. Und es tat ihm wahnsinnig leid, dass sein Handy ausgeschaltet gewesen war. Ich glaube, er hat sich ungefähr fünf Mal dafür entschuldigt. Dann wollte er wissen, wie das Gespräch bei der Polizei gelaufen ist. »Unkonkret«, nannte er Brands Reaktion. »Aber zum

Glück wird er mit Joost reden.« Ich war ganz seiner Meinung. Als Steven sagte, dass er mich am Donnerstag sehen wollte, freute ich mich wie verrückt. Früher kann er leider nicht, denn er muss morgen und übermorgen im *Tresen* arbeiten.

Ich seufze und öffne die Tür zum Klassenzimmer. Wie soll ich diesen Schultag überstehen? Ich setze mich auf meinen Platz und warte. Ein paar Minuten vor Unterrichtsbeginn kommen Hanna und Marjolein. Ich habe sie erst am Freitag gesehen, aber mir kommt es so vor, als wäre es viel länger her. Ich lächele, aber sie starren mich nur merkwürdig an. Oder bilde ich mir das ein? Hanna und Marjolein setzen sich auf die leeren Stühle vor mir. Sie tun, als wären sie vollauf damit beschäftigt, ihre Taschen auszupacken.

Ich räuspere mich. »Hi«, sage ich ein bisschen unsicher. »Alles in Ordnung?«

Marjolein dreht sich um und kneift ihre Augen zu schmalen Schlitzen zusammen. »Alles ganz hervorragend. Und bei dir?«

»Äh ... nicht wirklich. Darum war ich gestern auch nicht in der Schule.«

»Ach, du warst gestern nicht in der Schule?«, sagt Marjolein in einem gespielt überraschten Ton. »Das ist uns gar nicht aufgefallen. Wir haben uns gut ohne dich amüsiert.«

Ich sehe sie an. Sie sieht mich an. Ich habe keine Ahnung, warum sie so eklig reagiert. Nach einer kurzen Stille frage ich: »Ist was? Du bist so komisch.«

»Ich? Komisch? Vielleicht solltest du dich lieber entschuldigen«, schnauzt Marjolein.

Jetzt dreht sich Hanna um. Ihre Wangen sind rot. »Ach,

komm, Marjolein, lass gut sein. So machst du alles nur noch schlimmer. Es ist jetzt auch egal.«

»Es ist nicht egal«, sagt Marjolein laut. »Erzähl Eva ruhig, was los ist.«

Hanna kaut auf ihrer Lippe und ihre Augen schießen nervös hinter ihren Brillengläsern hin und her. »Ich, äh ... ich hatte gestern Geburtstag.«

Ich spüre, wie mir das Blut aus dem Gesicht weicht.

»Ich verstehe das nicht«, murmelt sie. »In all den Jahren hast du noch nie meinen Geburtstag vergessen. Ich dachte, wir wären Freundinnen.«

»Es tut mir so leid«, sage ich heiser. Und dann schweige ich. Wenn ich noch etwas sagen würde, würde mir die Stimme brechen. Ich fühle mich einfach nur furchtbar.

»Es ist ein bisschen spät für deine Entschuldigung«, sagt Marjolein. »Freundinnen vergessen Geburtstage nicht. Ich könnte wetten, dass du wieder mit Karolin beschäftigt warst.«

»Äh ... ja, aber nicht so, wie du denkst ... Dieses Wochenende ist etwas Schreckliches passiert ... Sonst hätte ich ganz sicher an Hannas Geburtstag gedacht«, höre ich mich selbst stottern. Es klingt sogar in meinen Ohren lau.

Marjolein rollt mit den Augen. »Ja, ja, sicher. So, und jetzt nerv jemand anderen mit deiner Geschichte. Wir möchten fürs Erste nichts mehr mit dir zu tun haben.«

Eine schmerzliche Stille entsteht. Marjolein sieht mich bissig an, beinahe feindselig. Ich weiß nicht, was Hanna denkt, sie starrt zu Boden. Was kann ich noch sagen? Was kann ich noch tun?

Aber es ist zu spät, denn Marjolein und Hanna drehen

sich um. Sie tuscheln ganz vertraut, als ob ich nicht mehr da wäre. Ich bin kurz davor, in Tränen auszubrechen. Ich höre Marjolein noch sagen: »Was glaubt sie eigentlich, wer sie ist? Die Königin, oder so?« Die Worte schmerzen, aber dann halten sie zum Glück den Mund, denn unser Lehrer kommt herein.

Nach der letzten Stunde trotte ich zum Auto meiner Mutter.

»Wie war dein Tag?«, fragt sie und drückt mir einen Kuss auf die Wange.

»Geht so. Ich bin total groggy«, antworte ich vorsichtig.

»Keine seltsamen Vorkommnisse?«

»Nein.« Aber ich denke: Jedenfalls, wenn man das Ende meiner Freundschaft mit Marjolein und Hanna nicht mitzählt.

Zum Glück fragt meine Mutter nicht weiter. Sie gibt Gas und fährt los.

»Ich war gerade bei der Polizei.«

»Ach, warum?«, frage ich erstaunt.

»Brand hat angerufen. Er hat mit Joost gesprochen und gefragt, ob ich kurz vorbeikommen könnte.«

Ich halte die Luft an. »Und? Was hat er gesagt?«

»Nicht viel.« Meine Mutter seufzt. »Es läuft darauf hinaus, dass Joost dich unmöglich angerufen haben kann. Er hat Sonntagnacht bei einem Mädchen übernachtet. Sie haben auch mit ihr geredet und seine Geschichte stimmt. Das Mädchen sagt, dass er die ganze Nacht kein Telefon angefasst hätte.«

»Hm.« Das Auto scheint auf einmal zu schrumpfen, was mich schwindelig macht.

»Und Joost war in der Woche von Karolins Unfall im Urlaub. Brand hat alle Verdächtigungen gegen ihn ausgeräumt.«

»Ist er sich da sicher?«

»Ja. Tut mir leid, mein Schatz.«

Wir stoppen an einer roten Ampel. Es fühlt sich an, als würde mein letztes bisschen Energie aus mir herausströmen. Ich war so fest davon ausgegangen, dass Joost schuldig war. Und dass dieser Albtraum in wenigen Tagen vorbei sein würde. Aber jetzt scheint mir mein normales Leben weiter weg als je zuvor. »Und jetzt?«, flüstere ich.

»Brand will unsere Telefonanrufe überprüfen lassen. Vielleicht kommt dabei ja etwas heraus. Aber er geht davon aus, dass der Anrufer eine gesperrte Nummer hatte. Mehr können sie im Moment nicht tun, sagt er.« Meine Mutter klingt ein bisschen wütend.

Ich starre aus dem Fenster. Auf einmal könnte mich jeder angerufen haben. Vielleicht ist es der Radfahrer, der neben unserem Auto wartet. Oder der Junge mit der Lederjacke, der den Zebrastreifen überquert. Die Ampel springt auf Grün. Meine Mutter fährt los und die Leute verschwinden.

»Es wird alles gut, Eva, wirklich, glaub mir.« Ihre Stimme ist leise. »Du brauchst nicht zu weinen.«

Ich merke jetzt erst, dass ich weine. Die Tränen rollen mir über das Gesicht. Ich gebe mir keine Mühe, sie wegzuwischen.

»Ich habe etwas für dich.« Meine Mutter zieht mit einer

Hand Karolins Tagebücher aus der Tasche. »Brand hat sie durchgeschaut. Er meint, dass nichts Verdächtiges drinsteht. Aber ehrlich gesagt bezweifele ich, dass er sie wirklich gelesen hat.« Sie lächelt mir zu.

»Danke«, schniefe ich. Meine Finger schließen sich krampfartig um Karolins Tagebücher, als ob es meine letzte Hoffnung auf ein gutes Ende wäre.

Montag, 2. Oktober

Noch immer nichts von Joost gehört. Mist. Seit unserem Streit am Samstag habe ich nicht mehr mit ihm gesprochen. Irgendwie hatte ich gehofft, dass er mich am Wochenende anrufen würde. Hat er aber nicht. Das ist kein gutes Zeichen. Hör auf, Karolin! Nicht grübeln, nicht grübeln, nicht grübeln ...

Mittwoch, 4. Oktober

Scheiße, Scheiße, Scheiße! Warum ruft Joost nicht an? Nicht mal eine SMS ...

Samstag, 7. Oktober

Kann nicht mehr ... Bin total fertig, hab heute Nacht kaum geschlafen. Gestern Nachmittag habe ich Joost gesimst, dass ich ihn vermisse. Es war mir egal, dass das verzweifelt klang. Schließlich bin ich ja auch verzweifelt, sehr sogar. Er hat nicht reagiert …

Montag, 9. Oktober

Hatte jetzt schon seit neun Tagen keinen Kontakt mehr zu Joost. Oh Gott, bald habe ich niemanden mehr … Seit Kurzem ist Dr. Eikman mein bester und einziger Freund. Wie viel trauriger kann mein Leben eigentlich noch werden? Mein Vater und ich verbringen jetzt beide den Tag schweigend auf dem Sofa. Vielleicht sollten wir ein Spiel spielen: Wer ist das ärmste Schwein der Welt?

Heute Morgen habe ich auf einmal gedacht, ich hätte den unheimlichen Mann auf der Straße gesehen. Ich war so müde, traurig und durcheinander, dass ich keine Angst hatte. Ich habe das Fenster von meinem Zimmer geöffnet und geschrien: »Verpiss dich, du Arschloch!« Aber als ich genau hingeschaut habe, war es einfach nur irgendein beliebiger Passant, der zufällig eine schwarze Jacke trug. Er hat sich gegen die Stirn getippt und gerufen: »Verpiss dich selbst, blöde Tussi. Bist du verrückt oder was?«

Mittwoch, 11. Oktober

…!
So fühle ich mich. Wie drei schwarze Punkte auf einem weißen Blatt mit einem dämlichen Ausrufungszeichen da-

hinter. Völlig bedeutungslos. Ich bin mir jetzt sicher, dass mein Leben niemals mehr so sein wird wie früher. Gestern habe ich definitiv aufgehört zu existieren. Ich kann gar nicht mehr nachvollziehen, dass ich je solche Angst vor dem Mann aus meinen Träumen hatte. Was immer er mir auch antun wollte, es kann nie im Leben so schlimm gewesen sein wie das, was mir gestern passiert ist. Ich wünschte, ich wäre nie geboren …

Gestern Nachmittag dachte ich, es wäre eine gute Idee, nach meinem Termin bei Dr. Eikman schnell bei Joost vorbeizufahren. Ich dachte: Das geht so nicht länger weiter. Ich muss *ihn sprechen. Ich muss wissen, woran ich mit ihm bin. Alles ist besser als diese schreckliche Ungewissheit.*

Total nervös klingelte ich. Es schien eine Ewigkeit zu dauern, bevor die Tür aufging und Joost erschien. Ich hörte auf zu atmen und starrte ihn nur an.

Seine Augen wurden groß, dann klein und plötzlich lächelte er. »Ach, Karolin, was für eine Überraschung. Was machst du denn hier?«

Ich wagte, wieder zu atmen. »Ich, äh … ich war zufällig in der Nähe«, stotterte ich unsicher. »Ich störe doch nicht?«

»Hmm, ein bisschen schon. Ich lerne gerade. Aber für dich habe ich immer Zeit. Komm rein.« Er legte mir einen Arm um die Schulter. »Es tut mir leid, dass ich dich noch nicht zurückgerufen habe. Aber ich hatte so viel zu tun. Das verstehst du doch, oder?«

Ich hätte sagen können: »Nein.« Oder: »Ich warte schon seit elf Tagen auf eine Nachricht von dir.« Aber das tat ich nicht. Ich sagte: »Ach, das macht nichts. Ich verstehe das schon.«

Joosts Hand rieb achtlos über meine Brust. »Wollen wir in mein Zimmer gehen? Ich könnte ein bisschen Entspannung gut gebrauchen.«

Wie ein Schaf folgte ich ihm. Joost legte sich auf sein Bett, die Arme hinter dem Kopf verschränkt. Ich lehnte mich gegen seinen Schreibtisch.

»Hat dich der seltsame Mann noch mal belästigt?«, fragte er.

»Nein, zum Glück nicht.«

»Na, siehst du. Ich habe immer recht.«

Ich nickte.

Er grinste träge. »Du, ich habe eine gute Idee. Warum ziehst du dich nicht aus? So ist es so steif, findest du nicht auch?«

»Oh, okay.« Ich hatte gehofft, dass wir erst noch ein bisschen reden würden, aber ich traute mich nicht, etwas zu sagen. Ich war ja schon froh, dass er mich überhaupt noch sehen wollte.

Also zog ich mich aus. Ich fühlte mich etwas unbehaglich, als ich vor ihm stand. Warum zog er sich nicht aus? Joost sah mich lange an. Ich wusste nicht, was ich mit meinen Händen, Armen, mit meinem Kopf tun sollte.

»Dreh dich mal um«, sagte er schließlich.

Ich hatte keine Ahnung, was er vorhatte. Zitternd wandte ich ihm den Rücken zu. Joost stellte sich hinter mich, und ich hörte, wie der Reißverschluss seiner Jeans aufging. Seine Atmung wurde schneller und er drückte mich gegen die Wand. Was dann geschah, war abscheulich. Es war nicht liebevoll, sanft oder zärtlich. Nein, es war hart, grob und gefühllos. Und es tat weh. Zum Glück war es nach wenigen Minuten vorbei. Mir wird immer noch ganz schlecht, wenn ich daran denke. Ich hasse mich jetzt selbst dafür, dass ich ihn einfach habe machen lassen. Aber ich wollte um jeden Preis, dass zwischen uns alles wieder in Ordnung kam.

Joost machte seine Hose zu. Leicht schwindelig drehte ich mich um. Er starrte mich sehr distanziert, sogar ein bisschen uninteressiert an.

»Du muss jetzt wieder gehen«, sagte er kurz. »Sofie kommt gleich.«

Ich begriff nicht und fragte naiv: »Was? Welche Sofie? Wer ist das?«

»Ach, habe ich dir das noch nicht erzählt? Hmm, wie dumm von mir.« Joost lächelte. »Es ist aus. Ich habe eine andere.«

Er sagte es nicht laut, aber seine Worte schlugen ein wie Kanonenkugeln. Es schnürte mir den Hals zu, so fest, dass ich Angst hatte, zu ersticken. Ich konnte nichts sagen. Nichts tun. Ich stand bloß da und schnappte nach Luft.

»Für mich ist es ganz klar, dass wir nicht füreinander geschaffen sind«, sagte er grob. »Ich stehe nicht auf prüde Frauen. Und dieses Gelabere über diesen Mann und deine Psychose. Viel zu anstrengend. Sofie ist da ganz anders. Schlichter, sagen wir mal.«

Ich fand meine Stimme wieder und stotterte: »Aber … wir haben gerade … miteinander … Ich verstehe das nicht.«

Joost grinste. »Sieh das einfach als Abschiedsgeschenk.«

»Da…das kannst du nicht machen.«

»Findest du? Tja, so ein Pech.«

Ich war perplex, fühlte mich erniedrigt, zurückgewiesen, benutzt. Irgendwo in meinem verwirrten Kopf fand ich ein Schimpfwort: »Scheißkerl.«

Rasendschnell hob Joost die Hand. Und bevor ich wusste, wie mir geschah, bekam ich einen Schlag ins Gesicht. Mein Ohr sauste und ich schmeckte Blut in meinem Mund.

»Du wolltest es so«, sagte Joost ruhig. »Nenn mich nie mehr Scheißkerl. Kapiert?«

Er schmiss mir meine Klamotten zu und brüllte: »Und jetzt hau ab. Ich bin fertig mit dir.«

Ich kann mich nicht erinnern, wie ich mich angezogen habe und aus der Wohnung gekommen bin. Meine Wange brannte und ich war völlig verwirrt. Ich fuhr wie ein Idiot kreuz und quer durch die Stadt, ohne zu wissen, wohin. Wahrscheinlich wusste das aber mein Unterbewusstsein, denn plötzlich stand ich vor Noahs Haus. Alles in mir war auf einmal davon überzeugt, dass das so sein musste. Noah würde mich trösten. Beruhigen. Ich würde ihm ehrlich sagen, dass ich ihn vermisst hatte, und vielleicht gab es ja noch eine Chance, dass zwischen uns alles wieder gut werden würde.

Ich drückte auf die Klingel und wartete. Noahs Mutter öffnete.

»Karolin?«, sagte sie erstaunt. »Wie schön, dich mal wieder zu sehen. Es ist lange her. Ich wusste nicht, dass du auch kommst.«

»Ich war zufällig in der Nähe«, murmelte ich zum zweiten Mal an diesem Tag. »Ich wollte kurz Guten Tag sagen.«

Sie lächelte. »Schön, dass du nicht grollst. Ich hätte es furchtbar schade gefunden, wenn das eure Freundschaft zerstört hätte.«

Grollen? Ich verstand nicht im Geringsten, wovon sie sprach. Dummerweise nahm ich es nicht so wichtig.

»Ist Noah da?«, fragte ich.

»Ja.« Sie trat einen Schritt zur Seite. »Geh ruhig hoch. Du kennst ja den Weg.«

Noahs Zimmertür war geschlossen. Ich setzte ein fröhliches Gesicht auf und öffnete die Tür, wobei ich rief: »Überraschung, ich bin es, Karolin!«

In den wenigen Sekunden, in denen sich die Tür öffnete, veränderte sich mein Leben für immer. Noah lag auf dem Bett. Und Puck lag auf ihm. Im BH. Es war, als würde man mir ein Messer in den Bauch rammen und es herumdrehen.

»Verdammt, was tust du hier?« Noah richtete sich auf und sah mich entgeistert an.

Wie ein Idiot antwortete ich: »Deine Mutter hat mich reingelassen.«

Er sprang auf und mit wenigen Schritten stand er vor mir. Sein Hemd hing ihm aus der Hose und seine Haare waren verwuschelt. »Wir wollten es dir erzählen, glaub mir bitte. Aber dann bist du krank geworden.«

Als ob das irgendwas ändern würde. »Ich verstehe das nicht, ich verstehe das nicht«, stotterte ich. Ich konnte es nur immer wieder wiederholen.

Noah stöhnte. »Mensch, Karolin, ich bin nicht schuld, dass zwischen uns Schluss ist. Ich bin nicht fremdgegangen.«

Ich taumelte zurück. Die Tränen liefen mir die Wangen

hinunter. Sofort entschuldigte er sich. »Entschuldige, das wollte ich nicht sagen.« Er räusperte sich. »Ich würde dir niemals absichtlich wehtun. Puck hat mich getröstet, als es aus war. Es hat gefunkt. Wir haben uns verliebt. Es ist einfach so passiert. Es tut mir leid.«

Noah berührte meine Hand. Da zerbrach etwas in mir.

»Lass mich los«, zischte ich.

Puck saß die ganze Zeit auf dem Bett und sagte nichts. Sie sah mich noch nicht mal an. Wie hatte ich so blind sein können, als ich sie das letzte Mal getroffen hatte? Darum wollte sie nicht über Noah reden. Darum war sie so komisch zu mir. Vielleicht war sie an jenem Nachmittag sogar zu Noah gegangen und nicht zum Friseur, wie sie gesagt hatte. Meine beste Freundin! Wie konnte sie bloß?

»Ich hoffe, wir können Freunde bleiben.« Noah versuchte, mich anzulächeln.

»Lass mich …« Meine Stimme brach. Ich ekelte mich vor Noah. Vor Puck. Vor mir selbst. Kotzübel wurde mir. Ich musste weg, bevor ich mich in seinem Zimmer übergeben würde. Ich drehte mich um und rannte zur Treppe.

Ich hörte Noah noch rufen: »Karolin, warte doch.«

Aber offensichtlich dachte er nicht, dass es nötig war, mir zu folgen. Zum Glück brach ich erst draußen zusammen.

Ich weiß nicht mehr genau, wie ich nach Hause gekommen bin und was ich gestern Nachmittag sonst noch gemacht habe. Alles ist zu einem großen Tränensee verschmolzen. Ich wünschte, es wäre vorbei. Diese Scheiße, die man Leben nennt. Ich brauche es nicht mehr. Was bleibt mir denn noch vom Leben? Es kann …

Das war mein Vater, er hat mir gesagt, dass er einkaufen geht. Zum Glück ist er nicht reingekommen. Und zum Glück ist Mama vor einer Stunde auch weggegangen. Endlich allein. Ich lege mich ins Bett. Und ich will nie wieder aufstehen. Für nichts und niemanden.
Ich kann nicht mehr.
Ich will nicht mehr.

Dienstag, 31. Oktober, 16:30 Uhr

Mit einem seltsamen Geschmack im Mund schließe ich Karolins Tagebuch. Was für ein schreckliches Ende. Sie ist mit dem Gedanken gestorben, dass niemand sie geliebt hat. Ich kann mir die Hölle, durch die sie gegangen ist, nur vage vorstellen. Warum ist sie bloß an jenem Nachmittag noch mal mit dem Fahrrad losgefahren? Ich habe keine Ahnung. Wäre sie doch im Bett geblieben, wie sie geschrieben hat. Dann würde sie jetzt noch leben. Ich würde am liebsten quer über alle Seiten schreiben: Bleib zu Hause, Karolin! Nicht rausgehen! Das nimmt kein gutes Ende!

Ich schüttele den Kopf, voller Fragen. Joost hatte sie geschlagen. Ob er mich darum angelogen hat? Weil er nicht wollte, dass ich dahinterkomme? Wahrscheinlich schon, schätze ich. Und dann Noah. Ich hatte ihn fast vergessen. Und auf einmal taucht er wieder auf, auf der allerletzten Seite, mit der abscheulichsten Geschichte überhaupt. Er ist auch nicht aufrichtig zu mir gewesen. Plötzlich fällt es mir wie Schuppen von den Augen, was die Abkürzung PP in seinem Kalender bedeutete: Puck Postuma. Ich habe alle heimlichen Verabredungen mit Puck in seinem Kalender stehen sehen, ohne eine Verbindung herzustellen. Dafür war Noahs Auftritt als verletzter, trauriger Exfreund zu überzeugend. Was für ein Arsch. Aber macht ihn das zum Mörder? Ich kann es mir nicht vorstellen.

Ein schlimmer Gedanke macht sich in meinem Kopf breit. Karolin wird doch nicht absichtlich vor den Lieferwagen gefahren sein? In einer Art hysterischen Verzweiflungstat? Der Gedanke verursacht mir Gänsehaut. Nein, das macht keinen Sinn. Wenn es Selbstmord war, warum werde ich dann bedroht? Das ist nicht logisch. Mir platzt fast der Kopf von all diesen düsteren Theorien, die sich doch alle wieder zerschlagen. Ich habe meine Angst und meine Ratlosigkeit von heute Nachmittag ganz vergessen. Ich bin der Lösung so nahe. Ich glaube, mir fehlt nur ein kleines Puzzleteil. Nur dass ich keine Ahnung habe, wo ich danach suchen muss.

Dann kommt mir plötzlich ein Gedanke: Steven. Wenn jemand mir helfen kann, alles zu ordnen, dann er. Das kann nicht bis zu unserer Verabredung am Donnerstag warten. Dafür ist es zu wichtig. Ich muss ihn sofort sprechen. Mit zitternden Händen nehme ich mein Handy und tippe seine Nummer ein. Seine Mailbox geht dran. Natürlich kann er nicht telefonieren, fällt mir ein, er ist im *Tresen*, bei der Arbeit. Enttäuscht lege ich auf. Was soll ich jetzt machen? Warten, bis er freihat? Aber ich kann nicht warten, nicht jetzt, wo ich der Lösung so nahe bin. Ich muss ihn sofort sehen. Ich muss in den *Tresen*. Nachdem ich diesen Entschluss gefasst habe, fühle ich mich richtig erleichtert. Ich nehme meine Tasche vom Schreibtisch und schleiche die Treppe hinunter. Meine Mutter sitzt im Wohnzimmer. Sie darf mich nicht hören. Sonst kann ich meinen Plan vergessen. Sie würde mich nie allein zu Steven gehen lassen. Und ich will auf keinen Fall, dass sie mich zum *Tresen* begleitet. Was sollte denn Steven denken, wenn ich an Mamas Hand dorthin kommen würde? Auf Zehenspitzen durchquere ich den Flur. Vorsichtig ziehe ich die Haustür auf und schlüpfe hinaus. Geglückt! Ich springe auf mein Fahrrad und fahre los. Ich habe keine Angst, verfolgt zu werden. Keine Sekunde. Vielleicht ist das dämlich, aber ich habe keine Angst. Ich bin nur froh, dass ich endlich etwas tue.

Ich stolpere fast über meine eigenen Füße, als ich den *Tresen* betrete, so eilig habe ich es, Steven zu sprechen. So bin ich dann auch sehr enttäuscht, als er nicht hinter der Theke steht, sondern ein anderer Junge.

»Entschuldigung«, sage ich zu ihm. »Könntest du Steven holen? Es ist dringend. Ein Notfall.«

»Steven?«, antwortet der Junge erstaunt, während er die Gläser spült. »Der ist nicht da.«

Ich beuge mich vor. »Was? Er muss doch heute arbeiten?«

»Stimmt. Aber er hatte Kopfschmerzen. Ich bin für ihn eingesprungen.«

»Ach.« Bin ich extra hierhergekommen, um das zu hören? Ich beiße mir auf die Lippen und weiß nicht, was ich sagen soll. Wahrscheinlich kriegt der Junge Mitleid mit mir, denn er sagt: »He, guck nicht so traurig. Warum gehst du nicht einfach bei ihm vorbei? Er wohnt hier ganz in der Nähe. Warte, ich schreibe dir die Adresse auf.«

»Äh ... gerne.« Meine Mutlosigkeit verschwindet und macht einer Erregung Platz. Eigentlich ist das noch viel besser! Bei Steven zu Hause haben wir richtig Ruhe zum Reden.

Der Junge gibt mir einen Bierdeckel mit der Straße und der Hausnummer: Baarsstraat 2.

»Du musst am Ende vom Overtoom nach links, am Supermarkt rechts und dann wieder die erste Straße links«, erklärt er mir den Weg. »Steven wohnt in einem Abbruchhaus, im alten Schulhaus. Kannst du nicht verfehlen.«

»Links, rechts, links«, wiederhole ich, während ich zur Tür gehe. Ich stehe schon draußen, als er mir noch nachruft: »Wünsch ihm gute Besserung!«

Ich nicke und murmele einen Abschiedsgruß. So schnell ich kann, fahre ich über die Kreuzung am Overtoom den Amstelveenseweg entlang. Ich ignoriere die rote Ampel, biege nach rechts ab und rausche ein paar Hundert Meter später in die Baarsstraat hinein. Meine Augen wandern die Hausnummern entlang. 62, 60, 58, ich trete noch heftiger in die Pedalen. Am Ende der Straße, in einem Innenhof, steht ein verfallenes Gebäude. »Gymnasium Amsterdam«, lese ich am Backsteingiebel. Das muss es sein. Ich bremse und werfe mein Fahrrad gegen einen Baum. Keuchend laufe ich zur Tür. Es gibt keine Namensschilder. Unsicher drücke ich auf die Klingel. Im Gebäude erklingt ein lautes Dröhnen. Nichts. Ich klingele noch mal und warte eine halbe Minute. Die Tür bleibt geschlossen. Mist, was jetzt? Ich bücke mich und rufe durch den Briefschlitz: »Steven, ich bin es, Eva!« Meine Stimme hallt durch das Treppenhaus, aber ansonsten ist nichts zu hören. Frustriert ziehe ich mein Handy heraus und wähle Stevens Nummer. Wieder ist seine Mailbox dran. Die Tränen brennen in meinen Augen. Warum öffnet er nicht?

Ich bin kurz davor, nach Hause zu gehen, als ich auf einmal etwas höre. Musik. Sie ist sehr leise und weit weg und sie scheint von irgendwo hinter dem Gebäude zu kommen. Ob Steven dort ist? Ich beschließe, nachzusehen, und folge dem schmalen Plattenweg, der seitlich an der Schule entlangführt. Zu meiner Überraschung lande ich in einem großen Garten. Ganz offensichtlich ist hier schon lange kein Gärtner mehr gewesen: Das Gras geht mir bis zu den Knien und ich muss mich vor Brennnesseln in Acht nehmen. Die Musik kommt von links. Suchend blicke ich mich um. Dann entdecke ich ein unscheinbares Steinhaus, versteckt zwischen den Bäumen und dem dichten Gestrüpp. Ich renne durch das Gras. Mit jedem Schritt ist die Musik besser zu hören. *Hotel California* von den Eagles erkenne ich, als ich auf der Schwelle des Hauses stehe. Aber wo ist der Eingang? An der anderen Seite finde ich ein großes Holztor, das zu einer Einfahrt führt. Wahrscheinlich ist dieses Gebäude früher ein Schuppen gewesen oder eine Garage.

»Hallo? Steven?« Ich drücke meine Nase gegen das Fenster neben der Tür, aber ich erkenne in dem dunklen Haus nur ein paar vage Umrisse. »Steven? Bist du da?«, versuche ich es noch mal. Die Eagles singen jetzt: »Last thing I remember, was running for the door. I had to find the passage back to the place I was before.« Das wird nie was, wird mir klar. Die Lautstärke der Musik kann ich nicht übertonen. Ich drücke gegen die Tür, die zu meiner Überraschung nachgibt. Vorsichtig gehe ich hinein. Meine Augen müssen sich an das Halbdunkel erst gewöhnen. Der Raum ist bis unters Dach mit Gerümpel vollgestopft. Ich sehe Schulbänke, Stühle, Bücher und einen Basketballkorb.

»Steven?«, rufe ich noch mal. Keine Antwort. Die Musik scheint von oben zu kommen. Jetzt muss ich in dem Chaos nur noch eine Treppe finden. Ich schlängele mich zwischen einem Stapel Kartons und einem großen Fahrzeug hindurch, das mit einer Plastikfolie abgedeckt ist. Ohne wirklich etwas zu erkennen, gehe ich weiter. So bemerke ich nicht, dass mein Fuß an einem Folienzipfel hängen bleibt. Ich stolpere und falle. Dabei ziehe ich die Folie mit. Schimpfend klopfe ich mir den Staub und Dreck von meiner Hose. Und dann sehe ich, was die Folie bedeckt hat: einen Lieferwagen. Er ist voller Matsch, aber die Farbe ist eindeutig weiß.

Ich spüre, wie mein Herz stehen bleibt. Ein weißer Lieferwagen. Karolin ist von einem weißen Lieferwagen angefahren worden. Aber es gibt so viele weiße Lieferwagen. Das muss nichts bedeuten. Irgendwo in meinem Hinterkopf sagt eine Stimme: Vielleicht solltest du lieber abhauen. Aber das tue ich nicht. Ich öffne die Fahrertür, setze mich auf den Fahrersitz und knipse die Lampe für die Innenbeleuchtung an.

Die Luft weicht vollständig aus meinen Lungen. Überall hängen Fotos von Karolin. Auf dem Armaturenbrett, an den Türen, unter der Decke. Ich sehe Karolin vor der Schule stehen und rauchen. Ich sehe Karolin mit ihrem Vater auf der Straße. Ich sehe Karolin schlafend in ihrem Bett. Ich sehe verdammt noch mal Karolins ganzes Leben auf verschwommenen, wahrscheinlich heimlich aufgenommenen Fotos. Manche Schnappschüsse sind zerrissen, über andere sind Schimpfwörter geschrieben. Tusse, Hure, Miststück.

Ich würge und presse mir die Hand vor den Mund. Aber ich kann es nicht mehr zurückhalten. Ich übergebe mich auf den Beifahrersitz. In heftigen, bitteren Wellen, bis nichts mehr in meinem Magen ist. Ich schnappe nach Luft und setze mich zitternd wieder aufrecht hin. Das Erbrochene klebt an meiner Hose und in meinen Haaren. Ich verstehe das alles nicht. Oder vielleicht will ich es nicht verstehen. Ist Steven hierfür verantwortlich? Mein Steven? Der so lieb zu mir war? Und dem ich blind vertraut habe?

Auf einmal stoppt die Musik. Ich höre ein Knacken. Erschreckt schaue ich über die Schulter. Steven steht hinter mir. Sein Gesichtsausdruck, kalt und hart, sagt mir, dass es wahr ist: Steven ist der Verantwortliche. Ich sitze totenstill da. Ich rühre mich nicht. Leer starre ich ihn an. Steven kneift die Augen zusammen. Plötzlich schnauzt er mich an: »Was tust du hier?«

Durch den Klang seiner Stimme komme ich wieder zu mir. Ich klettere aus dem Lieferwagen. Steven steht ganz dicht neben mir. Ich mache einen Schritt zurück. Steven geht einen Schritt vor. Ich fühle das kalte Metall des Wagens an meinem Rücken und kann nicht mehr ausweichen.

»Wer den längsten Atem hat, gewinnt, würde ich sagen. Zufrieden, dass du jetzt endlich alles weißt?«, fragt er kalt.

»Lass mich gehen«, sage ich keuchend. »Ich werde niemandem etwas sagen.«

»Das glaubst du doch selbst nicht. Tu nicht so blöd.« Steven legt seine Hände neben meinen Kopf an den Lieferwagen. »Gott, du stinkst. Ich hoffe, ich kriege deine schmierige Kotze wieder aus meinen Klamotten.«

»Hilfe!«, rufe ich in Panik. »Hilfe! Warum hilft mir denn keiner?«

»Es hat keinen Sinn, Eva. Niemand hört dich hier.« Steven schlägt mit der flachen Hand gegen das Metall. »Verdammt, warum bist du hierhergekommen?«

»Ich, ich hatte ... w-wollte dich, dich ...«, stottere ich. Die Panik hat mir die Kehle zugeschnürt. Ich atme tief ein. Ich muss ruhiger werden. Nachdenken. Zeit gewinnen.

»Ich habe dich vermisst«, sage ich mit etwas festerer Stimme. »Und ich wollte dich gerne sehen.« Ob das hilft? An seine Gefühle zu appellieren?

Er lacht schneidend. »Wir können jetzt mit dem Unsinn aufhören, findest du nicht auch? Glaubst du wirklich, dass ich in dich verliebt war? Ich stehe nicht auf abgelegte Freundinnen von Karolin.«

Ich zwinkere und versuche, nicht zu heulen. Was hatte ich denn erwartet? Dass er mich in die Arme nehmen würde? »Warum hasst du Karolin so?«, frage ich leise.

»Ihr Vater hat meinen Pa ermordet«, spuckt er mir fast ins Gesicht.

»Was? Ermordet?« Ich fürchte, ich habe ihn nicht richtig verstanden, und schüttele verwirrt den Kopf.

»Ja, ermordet. Oder seinen Tod verschuldet. Macht das irgendeinen Unterschied?«

Ich spüre erneut die Übelkeit in mir aufsteigen. »Ich verstehe das nicht.«

Steven schweigt einen Moment. Ein Hauch von Schmerz durchzuckt kurz seinen Blick, aber seine Stimme klingt flach, als er sagt: »Karolins Vater hat das Auto gefahren, das meinen Vater überrollt hat, als er vor vierzehn Jahren nichts ahnend die Straße überquert hat. Er war auf der Stelle tot. Karolins Vater hat der Polizei weisgemacht, dass er nichts hatte tun können. Und sie glaubten ihm. Nach Meinung der Scheißpolizisten war es eine unglückliche Verkettung der Umstände.« Er schlägt noch einmal mit der Hand gegen den Lieferwagen. »Tja, das war es ganz sicher. Die beschissenen Umstände haben mein ganzes Leben zerstört.«

Das Puzzle fällt in meinem Kopf auseinander und ein Schock durchfährt meinen Körper. Alle Puzzlestücke lagen die ganze Zeit offen vor mir, bereit, aufgehoben zu werden. Ich habe sie bloß nicht gesehen. So habe ich irgendwo in Karolins Tagebuch etwas über einen Unfall gelesen, in den ihr Vater verwickelt gewesen war. Er war eine der Ursachen für seine Depression, wenn ich mich richtig erinnere. Und Karolin hat früher in Schiedam gewohnt und Steven in Rotterdam, also ganz in der Nähe ... Mein Gott, warum habe ich daran nicht eher gedacht?

»Nein. Oh nein, nein, nein. Das kann nicht wahr sein«, stottere ich.

»Danke für dein Mitgefühl«, sagt er spottend.

»Aber ... der Unfall ist doch nicht Karolins Schuld?«

»Schuld?«, schreit Steven mich an. »Wer spricht hier von Schuld? Jetzt sag ich dir mal was. Es geht hier um Gerechtigkeit. Karolin hat verdammt noch mal die Jugend gehabt, die mir genommen worden ist. Soll ich dir was erzählen?«

Er beugt sich zu mir vor. Sein Gesicht ist meinem jetzt so nah, dass ich seinen Atem an meiner Wange spüre. »Soll ich dir mal was erzählen?«, wiederholt Steven. »Meine Kindheit war ein einziger Misthaufen – und meine Jugend auch. Nach dem Tod meines Vaters hat meine Mutter angefangen zu trinken. Wirklich schöner wurde es dadurch zu Hause nicht. Sie vergaß einfach, dass es mich gab. Manchmal bekam ich tagelang nichts zu essen. Schließlich bin ich mit acht aus der Familie genommen worden. Ich habe bei Dutzenden von Pflegefamilien gewohnt, eine schlimmer als die andere. Und die ganze Zeit über konnte ich nur eins denken: Eines Tages, eines Tages, eines Tages würde ich Karolin spüren lassen, wie es ist, alles zu verlieren.«

Steven schließt kurz die Augen. In dem dämmrigen Licht sieht er müde und erschöpft aus. Irgendwo tief in mir fühle ich plötzlich einen Funken Mitleid mit dem armen kleinen Jungen, der ganz allein ohne Vater und Mutter aufgewachsen ist.

»Wie hast du das gemacht?«, frage ich.

»Was?«

»Wie hast du es geschafft, Karolins Leben so zu zerstören?«

»Ach, das war eine Frage der gründlichen Vorbereitung«, antwortet er gleichgültig. »Zuerst bin ich nach Amsterdam zum Studieren gegangen, weil Karolin dort wohnte. Ich habe sie den ganzen Sommer beobachtet. Ich wusste, welche Kleidung sie trug, wohin sie ausging, wie oft sie ihren Freund sah, in welchem Café sie arbeitete. Von außen wirkte ihr Leben so perfekt. Mir wurde kotzübel davon. Ich musste ihre Schwachstelle finden. Darum bin ich in den

Ferien bei ihnen eingebrochen. Es war so einfach. In Karolins Tagebüchern las ich, wer sie wirklich war. Unter der perfekten Oberfläche steckte ein unsicheres Mädchen mit Versagensangst, das manchmal gar nicht mit sich im Reinen war. Und ich las über ihren wiederkehrenden Albtraum. Ich konnte zwischen den Zeilen ihre Angst vor diesem Traum spüren. Ich wusste gleich, wie ich vorgehen würde. Ich brauchte nur noch den Ersatzschlüssel zu klauen, der in der Küchenschublade lag.« Steven lächelt. »Ich habe mir einen Job im *Tresen* gesucht und um die gleichen Schichten gebeten wie Karolin. So konnte ich immer etwas Schlafmittel in ihr Glas tun. Nicht zu viel, aber gerade genug, um sie nachts ruhig zu halten, wenn ich in ihrem Zimmer war. Es funktionierte großartig. Ich hatte meinen Auftritt und sah sie in ihrem Bett schwitzen, wühlen und manchmal tatsächlich sogar weinen ... Aber sie wurde nie wach, bevor ich verschwunden war. Als sie nicht mehr im *Tresen* arbeitete, habe ich angefangen, sie zu verfolgen.«

Er schweigt und eine lange Stille setzt ein. Ich würde gerne weinen und schreien und ihm ins Gesicht schlagen. Aber ich muss noch eins wissen. »Hast du ... war es dein Lieferwagen ... hast du Karolin überfahren? Oder war es ein Unfall?«

»Es war kein Unfall«, sagt Steven kalt.

Meine Arme fallen an meinem Körper herab, als ob sie nicht mir gehören würden. Das kleine bisschen Mitleid, was ich gefühlt hatte, ist mit einem Schlag gewichen.

»Ich habe tagelang vor Karolins Haus auf den richtigen Moment gewartet«, redet er weiter. »An jenem Mittwoch sah ich erst ihre Mutter weggehen und dann ihren Vater.

Zwanzig Minuten später habe ich sie auf ihrer Festnetznummer angerufen. Karolin glaubte, dass ich von der Polizei sei. Und dass ihr Vater an der Kreuzung Overtoom und Constantijn Huygensstraat einen Unfall gehabt hätte. Ich habe richtig dick aufgetragen und behauptet, dass er im Sterben liegt. Sie wurde hysterisch und sagte, dass sie sofort kommen würde. Danach war es nur eine Frage des Timings: im richtigen Moment Gas geben, dann sehr schnell wegfahren und natürlich falsche Nummernschilder verwenden.«

Steven kneift die Augen zusammen. »Eigentlich ging alles gut, bis du auf einmal bei mir an der Theke mit diesem Joost geredet hast. Karolins Nachbarin, die dem Braten nicht traute. Ich dachte, ich werde verrückt. Ich habe dir eine Cola light mit Schlafmittel gegeben. Ich wollte dir an diesem Abend Angst einjagen und dich mit dem Brief abschrecken. Aber ich habe dich falsch eingeschätzt. Du hast nicht aufgehört, deine Nase überall reinzustecken. Zum Glück warst du naiv genug, dich in mich zu verlieben. So wusste ich genau, was du gerade vorhattest, und wo es notwendig war, konnte ich dich auch ein bisschen steuern.«

Ich schaue Steven an, sein Gesicht in dem schwachen Lichtschein, der von draußen hereinfällt. Leer, bleich, verzerrt, bösartig. Ich kann mir überhaupt nicht mehr vorstellen, dass ich ihn je gemocht habe.

»Arschloch«, sage ich.

Er grinst. »Was für ein schönes letztes Wort. Es ist Zeit, sich zu verabschieden, Eva. Du weißt zu viel. Du musst sterben.«

Alle meine Muskeln verkrampfen sich. Ich will nicht sterben. Ich muss hier lebend rauskommen. »Der Junge an der

Theke aus dem Tresen weiß, dass ich hier bin«, wage ich einen verzweifelten Versuch.

Steven seufzt. »Ach, wenn man anfängt, dich zu suchen, ist hier schon alles wieder ordentlich aufgeräumt. Ich werde sagen, dass du nie hier angekommen bist.«

»Warte. Steven ... Können wir nicht darüber reden?«

»Reden? Das ist hier keine verdammte Talkshow!« Er zieht etwas aus der Tasche seiner Kapuzenjacke. Eine Serviette. Scharfer, brennender Geruch steigt mir in die Nase.

»W-was ist das?«, frage ich ängstlich.

»Ein bisschen Chloroform. Als ich dich unten wühlen gehört habe, habe ich ein paar Vorsichtsmaßnahmen getroffen. Ich habe das Zeug in einem Karton mit alten Utensilien aus dem Chemieunterricht gefunden. Praktisch, so ein Gerümpelschuppen, oder?« Er grinst. »Du wirst davon wunderbar schlafen. Und du kriegst nichts von dem mit, was ich dann tue.« Steven drückt mich mit seinem Körper gegen den Lieferwagen und presst meinen Kopf gegen das Metall.

»Lass mich los«, kreische ich.

»Pssst, du solltest nicht so viel reden. Es tut nicht weh, das verspreche ich dir«, murmelt Steven. Er drückt mir die Serviette auf Mund und Nase. »Atme ruhig ein. Wer weiß, vielleicht wartet Karolin ja schon auf dich. Ist das nicht eine schöne Vorstellung?«

Ich ersticke fast in dem Stoff. Die Serviette reibt mir an der Wange, sticht mir in der Nase. Nicht Luft holen, nicht Luft holen, nicht Luft holen, denke ich. Ich strampele wild um mich, zappele mit den Armen, aber Steven weicht allem aus. Meine Lungen platzen fast vor Sauerstoffmangel. Aber ich darf nicht Luft holen. Ich sehe rote Blitze und schwarze Flecken. Jeder Teil in meinem Körper lechzt nach Sauerstoff.

»Jetzt mach hin, blöde Kuh«, schnauzt Steven. »Vielleicht geht es so ein bisschen schneller.« Er drückt mir sein Knie fest in den Magen. Ich krümme mich vor Schmerz und hole Luft. Fast im selben Moment beginnt sich alles zu drehen. Ich sehe Karolin. Meine Mutter. Das Gesicht meines Vaters. Und ich höre jemanden meinen Namen rufen. Dann wird alles still. Und dunkel.

Ein paar Monate später

Ich habe es Hanna zu verdanken, dass ich noch lebe. Ist das nicht eigenartig? Ausgerechnet Hanna, die ich so schlimm fallen gelassen hatte, hat mir das Leben gerettet.

»Ich habe mich an dem Tag so mies gefühlt wegen unserem Streit«, hat sie mir erklärt. »Ich hatte nie vorgehabt, einen Schlussstrich unter unsere Freundschaft zu ziehen. Marjolein ist einfach damit rausgeplatzt. Ich musste dich unbedingt allein sprechen. Darum bin ich an dem Nachmittag zu dir nach Hause gefahren. Aber du bist gerade weggefahren, als ich dort ankam.«

Hanna hat meinen Namen gerufen, aber ich habe sie nicht gehört. Sie ist mir nachgefahren. »Du warst so in Eile, ich bin kaum hinterhergekommen. Ich wollte gerade aufgeben, als du plötzlich vor dem *Tresen* gebremst hast und reingegangen bist. Da wurde ich neugierig. Ich meine, was hattest du an einem Dienstagnachmittag in dieser Kneipe zu schaffen?«

Hanna hat gewartet. Als ich ein paar Minuten später wieder nach draußen gekommen und wie eine Irre weggerast bin, beschloss sie, mir zu folgen. »Ich wusste nicht, ob das vernünftig war, aber ich musste einfach wissen, was du vorhattest. Du hast dich so komisch verhalten.«

Irgendwo beim Supermarkt hat sie mich dann verloren. Zum Glück hat sie nach mir gesucht, bis sie schließlich am Ende der Baarsstraat mein Fahrrad entdeckt hat. »Da verstand ich überhaupt nichts mehr. Was um alles in der Welt wolltest du in der alten Schule?« Sie hat erst durch die Fenster in die Schule geschaut. Aber drinnen sah es dunkel und verlassen aus. Hanna wollte nach Hause gehen, als sie plötzlich auf dem Weg neben dem Gebäude meinen Taschenkalender liegen sah. Er war mir offensichtlich aus der Tasche gefallen, ohne dass ich es gemerkt hatte.

»Ich bin dem Weg gefolgt und in dem komischen Garten gelandet. Durch das hohe Gras hindurch verlief eine platt getretene Spur, der ich gefolgt bin. Ich habe mich zu Tode erschreckt, als ich auf einmal deine Stimme aus dem Haus gehört habe, die um Hilfe rief.« Hanna hat sofort die Polizei gerufen. Mit dem Ohr gegen die Tür hat sie dann das Gespräch zwischen Steven und mir belauscht. Als Steven rief, dass ich sterben muss, hat sie ihre ganze Angst vergessen und ist hereingeschlichen.

»Es war schrecklich. Steven hielt dich mit dem Tuch vor deinem Gesicht in Schach. Ich hatte solche Angst, wusste nicht, was ich tun sollte. Auf einmal bist du schlaff nach vorne in seine Arme gesunken. Ich dachte: Er ermordet dich, jetzt, in diesem Moment, während ich danebenstehe. Dann ging alles ganz schnell. Ehe ich mich versah, hatte ich einen alten Baseballschläger aus dem Gerümpel gezogen und ihn gegen Stevens Kopf geschmettert. Er ist auf der Stelle zusammengesackt und du bist auf ihn gefallen. Ich habe dich an deinen Armen weggeschleift, so weit wie möglich weg von ihm. Du hast nicht reagiert, als ich deinen Namen gerufen habe, und ich hatte solche Angst, dich verloren zu haben. Gott sei Dank bist du nach ein paar Minuten wieder zu dir gekommen. Aber es waren die längsten Minuten meines Lebens.«

Ich werde nie die tiefe Freude vergessen, die ich fühlte, als ich dort in dem Haus Hannas Gesicht sah. Ich begriff, dass ich noch lebte, nicht tot war. Wir haben zusammen auf die Polizei gewartet. Es hat noch Wochen gedauert, bis ich Hanna meine Fassung der Geschichte erzählt habe. Ich wagte es einfach nicht, in mich selbst hineinzublicken. Aber als ich erst mal damit angefangen hatte, habe ich ihr schließlich alles erzählt. Über Karolin. Meinen Vater. Über meine Schuldgefühle. Ich redete und redete und Hanna hörte zu. Als ich bei unserer Freundschaft ankam, sagte ich, dass ich mich so schrecklich schuldig fühlte. Sie antwortete, dass das Unsinn sei. Und dass ich doch jetzt endlich kapieren müsste, dass Schuld zu nichts führt.

Ich sagte, dass sie mir viel bedeutet. Sie sagte, dass ich ihr auch viel bedeute. Manchmal kommt es mir vor, als ob ich sie in den letzten Monaten erst richtig kennengelernt hätte.

Hanna hat mich letztens gefragt, ob ich Karolin noch vermisse. Natürlich vermisse ich sie. Ich vermisse sie, wie man eine gute Freundin von früher vermisst. Die Übernachtungspartys, das Hand-in-Hand-zur-Schule-Laufen, die Ferien; das alles will ich nie vergessen. Karolins Tagebücher habe ich in eine schöne Kiste getan. Ich werde sie für immer aufheben. Aber ich werde sie nicht mehr lesen. Es ist nicht gut, blind auf die Vergangenheit zu starren. Dadurch übersieht man, was man jetzt hat.

Auf verrückte Weise hat auch Steven mir das klargemacht. Er lebte nur in seinen Erinnerungen. In seiner Rache, der Verzweiflung, der Trauer. Er war komplett auf dem falschen Weg. Man könnte denken, dass ich ihn hasse. Aber das tue ich nicht. Mit Hass ist es fast so wie mit Schuldgefühlen, er führt zu nichts. Und außerdem hat Steven seinen verdienten Lohn bekommen: zehn Jahre Gefängnis und Sicherungsverwahrung. Für ihn ist es vorbei. Zum Glück habe *ich* noch eine zweite Chance bekommen.

Starke Mädchen, schwache Mädchen?

Heidi Hassenmüller
Schnauze voll
ISBN 978-3-7817-0773-3

Heidi Hassenmüller
Falsche Liebe
ISBN 978-3-7817-0774-0

Jody und ihre Freundinnen lassen sich nichts gefallen. Sie schlagen zurück, wenn sie angegriffen werden. Doch eines Tages geht Jody viel zu weit und gerät ins Visier der Polizei.

Die 15-jährige Jo ist total in René verliebt. Doch als René sie bittet, zu einem Auftraggeber „nett" zu sein, wird ihr Glück getrübt. Auch ihrer Freundin Lisa passiert mit ihrem Freund das gleiche.

KLOPP

Weitere Informationen unter: ***www.erika-klopp.de***